# 奇諾の旅 XXI

—the Beautiful World—

時雨沢 惠一
KEIICHI SIGSAWA
插畫●黑星紅白
ILLUSTRATION KOUHAKU KUROBOSHI

Kadokawa Fantastic Novels

# 序章「看得見的真相・b」

—She is Still There.・b—

然後，那名老人看著照片，默默哭了出來。

因為他躺在床上的關係，淚水順其側面流下。

在年老男子看著的，那個略大的相框裡——嵌著一枚男子住院前一直居住的家庭照片。

那是他與愛妻幾乎傾其一生，定居長達六十年歲月的家中光景。也是芙特傾其所有「器材與技術」，投入全部心力拍攝下來的一枚相片。

男子流著淚，一直凝視著照片。

病房裡誰都沒說話，就這麼讓寂靜的時間流逝。窗外的鳥鳴聲，聽來反而特別響亮。

不久之後，男子拿著相框的手放了下來，他也將相框放到位於床邊的架子上。

接著，他對圍在床邊的自己兒子與媳婦，竭力擠出聲音說：

「我明白了……你們想說的，我都明白了。我會好好接受治療的。為了能快點治好，早日回到這個家……」

因為兒子與媳婦也極度感動到執起父親的手，芙特的工作就此結束。

我們沒有繼續留在這裡的理由，於是芙特伸手握住我的龍頭把手，開始將我推離病房。

最後，芙特往相框那邊瞥了一眼，看著框裡那張照片。

那張在客廳角落，浮現已故老奶奶朦朧笑容的「靈異照片」。

# 「巨人之國」

## —Skyscrapers—

「那、那是、什麼……？」

奇諾說不出話來了。

跨坐在漢密斯上面的奇諾一抵達山路最高處，便俯視寬廣的盆地。在那盆地當中可以看得見城牆，城牆內部，則有「巨人」。

穿著輕飄飄服飾的人類在城牆內緊密站立，每個人的手臂都向兩旁伸出，與附近的人緊密相連。其數量，有四十人以上。從周圍的林木與隨處可見的城牆推測，這些人類的身高，應該有達到三百公尺。

「我猜妳應該會很想說：『好大的人類啊，他們的食物應該很營養吧？』可是奇諾，那是人像喔。」

漢密斯這麼一說，奇諾就理解了。雖然顏色與外形都很精緻，看起來幾乎打造得跟人類一模一樣，不過它們都是建造物。

「啊，原來如此……我有一瞬間真的嚇到了，畢竟沒有任何事前資訊啊。」

「在不知道的情況下嚇到，才比較新鮮又有趣啊。」

「或許吧。」

「那麼，我們就靠近點看看吧！」

「就這麼辦。」

奇諾與漢密斯，沿著山路下去。

奇諾與漢密斯進入這個國家。城門的入境審查是全自動作業，他們沒碰上任何人。

在國內仰望這些人像，愈來愈能感受到它們的巨大。

一站在人像腳下，就完全看不到它的臉。不知情的人，說不定還不覺得它們是人類的塑像。

雖然是由鋼筋水泥與金屬建造而成，外觀的雕飾卻很精細，就連身上衣服的皺褶都忠實呈現。表面漆上美麗的塗料，就連陰影也如實描繪。

雖然國內柏油路的品質很牢固，不過別說是行人，就連行駛的車輛也沒有，就像在一處什麼人也沒有的場所中，單單建造巨大人像並排矗立著。

奇諾與漢密斯在欣賞這片光景好一段時間以後，對偶然——或者該說是總算——騎著腳踏車經過附近的居民提出詢問：「這些巨大人像，究竟是什麼呢？」

「咦？難道旅行者不知道這是大廈嗎？」

「什麼？」

「大廈啊，高樓大廈。我國因為占地狹小，基於住家與辦公室的需要，會讓建築物向上伸展。雖然看起來沒有窗戶，但有設置單向玻璃，從裡頭是可以看得見室外風景的。另外要說的是，大廈入口設在地下，因為這個國家一到冬天就酷寒到不行，也因此地下街就比較熱鬧。」

「啊，原來如此，我明白高樓大廈的理由了。那麼，為什麼會建成人的模樣？」

「是因為宗教令的關係。在我國，任何物體都不得建得比神像還高，所以我們把大廈都蓋成神像了。順帶一提，我們是多神教，所以有各式各樣的神像。」

「這麼說來，那些相牽的手是？」

「可以輕鬆移動到隔壁大廈的空橋。」

漢密斯對著以平常語氣淡淡回應的居民，如此提問：

「我問一下喔，這個國家沒有打算讓這些變成觀光景點嗎？」

結果，居民驚訝的如此回答：

「咦？不過是大廈而已耶？——比較起來，我還希望能讓大家見識一下稀有的旅行者呢。」

# CONTENTS

# 「彩頁後記Ⅱ」
## ——Preface——

大家好。我是作者的時雨沢惠一嗎？（編註：哪有人反問讀者？）

我到目前為止，只有一次在彩頁上寫過「彩頁後記」。能夠馬上想到我是在什麼時候寫的人就是堅定不移的《奇諾の旅》粉絲！我愛你！啊，你說其實你不需要這種告白嗎？原來是這樣啊。

「彩頁後記」的刊載，是在二〇〇三年出版第Ⅶ集時候的事。（註：指日文版）

這是距今十四年前，也是距今十四本以前的事。這個數字之所以奇蹟似的一致，是因為每年都出一本《奇諾の旅》的關係，所以別說是奇蹟了，其實也沒什麼。

那一年發生了什麼事，各位是不是還記得呢？

沒錯，正是《奇諾の旅》推出電視動畫版。而我在當時的後記裡，寫下了與此相關的感謝詞，以及我的想法。

而今年，二〇一七年，《奇諾の旅》再度推出電視動畫版了！經過十四年，這段連幼童都能成長到中二病發作的歲月，這部作品又要透過客廳裡的映像管現身了！啊，現在已經幾乎沒有螢幕在用映像管了對吧……呃，透過液晶螢幕現身了！

有關我聽到再度電視動畫化的消息時到底有多高興的問題，如果從這裡開始寫答案的話，光是後記就可以寫上三本書的份量吧。很抱歉我亂說話了，應該是五本書的份量才對。

這本書出版的時候，新動畫版也應該播放第一話了，我也應該會像隻壁虎一樣整個身體緊貼在電視上看吧。哇啊咿，看不到。

二〇〇三年動畫版播放時的回憶，就好像昨天的事情一樣。

想起我曾在自己住過的上上間公寓的一個房間裡，對著二十一吋的映像管電視，打開了剛買回來，當時還是非常早期的數位視訊錄影機電源（因為光是預約錄影就出現硬碟無法啟動的異常狀況，只好手動錄影），接著端正跪坐等待動畫播放的時光。腳麻的時光也想起來了。

那一天，我曾心想：「關於《奇諾の旅》的電視動畫化，這應該是最初也是最後的機會了吧」——不過看來人生總是遠遠的超乎預期，而且也是有往好方向發展的事。一生拚命努力過後，也會有不至於徒勞的成果。不是有句話這麼說嗎，「繼續就是力餅」。你說是力量？對，就是那個。

我想永不忘記這份喜悅，今後也將持續努力。

對於這次再度電視動畫化的相關團隊成員，我真誠向各位表達謝意。

讓小說能像這樣發售到第二十一集的出版團隊成員，我真誠向各位表達謝意。

而一路閱讀《奇諾の旅》到這裡的各位讀者，我真的真的要謝謝您們！

正因為各位買書閱讀，我才能努力持續寫作，也因此獲得再度電視動畫化的榮譽。

二〇〇三年出版的《奇諾の旅》第Ⅶ集「彩頁後記」。

我曾經在當中寫過，比那時候再早十年以前的自己搞過一個「給未來的自己的問題集」，以及當時對那些問題的答案。

詳細內容請各位在第Ⅶ集（絕讚發售中！）確認。而在那段後記中，我又問了，現在（二〇〇三年）的自己有什麼夢想是希望能在十年以後實現的呢。我是這麼回答的：

「把後記拍攝成動畫」。

雖然是以開玩笑的心態寫的，不過有一半以上是認真的。當時那傢伙映照在鏡子上的眼神，是認真的。

至於這是否算是實現了嘛，應該不算是沒有實現吧？不，可是……總覺得好像有在開會討論時被人唸過類似事情的記憶……

一切答案就在螢幕畫面中。

接著我要來思考。

二〇一七年的現在，我又有什麼夢想是希望能在十年以後實現的呢？

晚點我會來思考。

二〇一七年　十月

時雨沢惠一

在極限狀態下所發生的事——
尚未達到那個狀態的人類是無法理解，
曾經在那個狀態的人類，也無法理解。

—*Guess What?*—

# 奇諾の旅

the Beautiful World

XXI

時雨沢 惠一
KEIICHI SIGSAWA

插畫●黑星紅白
ILLUSTRATION KOUHAKU KUROBOSHI

第一話

# 「能出名之國」

—*On the Wave*—

# 第一話「能出名之國」

—On the Wave—

在望得見海的細小山道上，一輛摩托車（註：兩輪的車子，尤其是指不在天空飛行的交通工具）緩緩行進。

萬里無雲的秋色藍天之下，一座座坡度非常平緩、植物生長茂密的丘陵，相連延續至遠方盡頭。上頭長著低矮的細草，讓整片山丘染上鈍重的綠色。

僅以土夯實過的道路，沿著山丘稜線宛如蛇一般的蜿蜒向前。其寬度窄到僅容一輛車通行。若是騎到岔出路外，就只能沿著斜坡直直滑落而下。

道路的北邊與綿延的山丘相連。樹葉尚未開始轉紅的青翠大地不間斷上下起伏，並向四處延伸，最終蜿蜒消逝於地平線盡頭。

而在道路的另外一邊，再越過一座山丘就是青色大海。海上無任何島嶼蹤影、令人耳目一新的海平線景觀，往遠方筆直延伸。

摩托車在這樣的世界中一路向西，滿載旅行物品。後輪兩側附有箱子，上面則綁著包包。

握著摩托車把手的，是名年約十五、六歲的年輕人，穿著棕色大衣，過長的衣襬捲在雙腿上固定，頭上戴著附有帽簷及耳罩的帽子，眼睛則戴有銀框的防風眼鏡。

騎士一面騎著摩托車，一面說：

「其實這樹很奇怪，總覺得第一次看到這樣的。」

在騎士左手所指的前方綠色山坡上，隨處可見樹木從人體腰部的高度斜向生長，不分主幹旁枝都歪曲得很厲害，沒有一株樹木筆直向天伸展，而且每株歪曲的方向全都一樣，都是從海洋那邊往陸地那邊歪。

「其實呢奇諾，那些都是很常見的普通松樹喔。在這塊土地上，應該在某些季節會吹很強烈的海風吧。一直被這麼吹，也就只能像那樣橫著長了。」

摩托車回答說。

這名被稱作奇諾的騎士，沿著下坡彎道緩慢轉向，說：

「原來如此，如果強風一直往同一個方向吹，就算是樹，也會變成那樣啊。」

接著又這麼補充說明：

「現在不是那個時期，真是太好了。」

「同感。摩托車在側風中行進是很吃力的。」

「如果漢密斯能在空中飛就好了。」

「我要先跟妳說清楚，奇諾，如果我飛的話遇到側風會更吃力喔？難道妳沒聽過『棒打出頭鳥』這句俗話嗎？」

「那就別飛好了。」

「對吧？」

「另外，我覺得這句諺語，意思好像有點不一樣。」

「是嗎？」

「再說，你是不是講錯了啊？」

「妳很沒禮貌耶。」

奇諾駕駛被稱作漢密斯的摩托車緩緩行進。為了不讓自己滑落山坡，她在狹窄的道路上謹慎前行。

「那麼，下個國家是怎樣的國家？」

漢密斯發問。

「漢密斯……每次你都要等快到了才會感興趣嗎。」

奇諾先以略顯無奈的表情回應，接著才回答問題：

「我手邊的資訊有點舊，不過聽說是個政情安定，少有危險事件的國家。」

「那真是再好也不過了。可是，對摩托車來說，我在一個國家所追求的最重要東西並不是那個喔？」

「沒問題。因為好像有裝置引擎的車行駛，所以也有燃料。」

「那就好！那麼，對奇諾來說，妳在一個國家所追求的最重要東西是什麼呢？」

「嗯？嗯～……」

接下來奇諾過了兩個彎道，依然持續思考著。

「那是需要這麼傷腦筋的事嗎？」

聽完漢密斯驚訝的聲音，奇諾一臉正經地答道：

「這個嘛，舒適的床鋪跟清潔的被單是我所追求的，不過如果一定要說最重要東西……」
「好吃的飯呢——不過奇諾是個味覺白痴什麼都吃啊。」
「最重要的是……」
「最重要的是？」
「不行我沒辦法下決定，就當成是出境前的習題吧。」
奇諾說出這句話時，她在延伸的道路盡頭，山與山之間，看見了被太陽照耀的城牆。

「終於到了。比想像中還花時間。」
「不過嘛，沒有摔倒就是最好的事。」
奇諾與漢密斯在太陽逐漸西斜——也就是黃昏開始前沒多久，抵達城牆邊。
這是個面向海洋的國家。
盤踞在大地上的城牆，描繪出巨大的圓。對邊的城牆隱沒在遠方，完全無法看見。
在登上坡道後看見的大城門，理所當然的緊閉著。幾名衛兵雙手舉著前端上刺刀的步槍，保持警戒表情直立不動。

一名身著西裝的男性民間人士，在衛兵身旁等候奇諾他們。這名看起來五十多歲的男子，跟士兵們完全相反，露出滿面笑容。

當奇諾與漢密斯緩緩接近，在他們面前停下來的時候。

「旅行者！歡迎光臨我國！是要觀光？還是休養？不論是哪一樣都非常歡迎！」

這名看起來像入境審查官的西裝男子，將手掌朝向天空，張開雙臂發表歡迎詞。

「謝謝……真是謝謝您。您該不會一直在外面等吧？」

「因為遠遠就看見你們過來了！這也是我的工作！」

奇諾道了聲謝，隨即配合對方要求進入位於城門側邊的辦公室辦手續。

首先她登記了奇諾與漢密斯的姓名，由對方開立身分證書形式、效期為三天的登記證。因為一般市民禁止持有說服者（註：指槍械）的關係，在出境前要將它們交給國家保管。

奇諾從位於大衣下方，掛在右腿位置上的槍套裡取出一支左輪手槍型的說服者。

奇諾將這支名叫「卡農」的說服者，分解成槍身、彈匣與握把，再放進保管用的木箱中；備用

彈匣、子彈與火藥也交出去保管。
在這些東西都被收進更大的保險櫃以後，入境審查官開口說：
「除了商人們以外，其實你們是暌違四年的純觀光客，我們差點就忘掉辦手續的方法了。」
「那還真是久呢。」
漢密斯的聲音，從辦公室外傳了進來。
「算了，反正只是一個沒什麼看頭的國家。」
漢密斯對著一臉感傷聳肩表白的入境審查官，繼續說：
「其實你大可以不用那麼委屈。我猜，可能只是大叔你沒有發覺到而已，一定會有什麼東西讓奇諾又驚訝又感動的！」
「如果真是這樣就好了。」
奇諾發問了：
「這個國家有什麼最近流行的東西嗎？」
入境審查官隨即呈現出明朗的表情說：
「當然有！這個國家的收音機非常盛行！已經是國民最大的娛樂！請你們在停留的時候，一定要享受其中的樂趣！」

「那真是、不錯啊。」

「我想如果是旅行者奇諾的話一定很清楚，不過這個世界上應該有科學技術愈來愈進步的國家吧？」

「是有，但也有沒那麼進步的國家。」

「那麼，也有沒收音機的國家嗎？」

「有很多。」

「哇啊無法相信！我沒有在那種國家出生真是太好了！啊，入境審查這樣就結束了。」

「還滿簡便的嘛。」

漢密斯說。

「因為照規定，我在工作中不得聽收音機也不得跟收音機說話，所以早點結束對彼此都好。好了，那麼我去開城門，請稍等片刻。」

入境審查官留下這句話，便離開辦公室，去下達開城門的指示。

「『不得——跟收音機說話?』」

奇諾歪著頭，繼續說：

「你覺得這會是什麼意思?漢密斯。」

「誰知道。」

奇諾推著漢密斯，往前方開啟的城門穿過去。

這個國家的城門有兩層，當他們一走進宛如昏暗隧道的城牆內部，身後的外邊城門便關上，四周一片漆黑；接著內側城門開始緩緩向上開啟，眼前又逐漸明亮。

而國內的樣子，也逐漸可見。

「嗯?」

「喔?」

從腳開始逐漸出現了人影，有二名男子與一名女子，他們看著奇諾一行，彷彿從剛才就一直站著等待城牆開啟。

「他們是不是在這裡等出境?」

「說是這麼說，他們一直在看我們這邊耶。奇諾，妳是不是做了什麼讓他們生氣的事?」

「我沒印象有這種事，應該是漢密斯做的吧？」

「不，是奇諾才對吧。他們一定有什麼事想好好教育奇諾一下。」

「是教育我早上如何叫醒漢密斯的方法嗎？那就只好去聽了。」

城門隨著沉重的摩擦聲完全開啟，奇諾繼續推著漢密斯向前走，馬上就明白他們正在不停的講話，而且也聽見其中的話聲：

『正如情報所述！旅行者！就在此時此刻入境了！是位年輕的摩托車騎士，摩托車是一輛銀色油箱的強勁款式！從包包上可以窺見其旅行年資，也忠實傳述著旅途的嚴酷！』

『嘿ＹＯ！旅行者現在進入的這國家！就是我一直在說的好國家！四年的歲月實在是有點長！多餘的碎碎念就要更快講！騎上摩托車就哪裡都可以去！就算是原點還哪邊都可移去！』

『呃～在我的想像中，這位旅行者是為了尋求真理才不停旅行的。就在大地女神、與天空之神相遇的場所。其成因除了海與草木不停發出靈氣以外沒有其他可能性。我可以看得見旅行者的內心。』

他們正在不停的講話，其聲量大到連奇諾與漢密斯都聽得很清楚。

可是，那些人並不是在對身邊的人講話，所有人都將視線一直對著奇諾他們。但那些人也不是對奇諾他們講話，也就是說完全在自言自語。

奇諾對漢密斯說：

「…………總之，我知道他們不是想跟我們說話。」

「同意，總覺得不舒服。」

在細聲對談過後，奇諾一下跨上漢密斯，繼續說：

「好了漢密斯，逃吧。到剛才人家告訴我們的旅館去。」

「知道了。」

奇諾一發動漢密斯的引擎就立刻前進，瞬間通過那些人身旁。

『啊啊！旅行者留下有點小好聽的V雙引擎聲疾駛離去了！』

『疾駛離去就聯想到逃走！要追蹤就得要來追軌跡！』

『沒錯，神總是背對著我們，正好就像現在這位旅行者一樣……』

她撇下了這群應該是對誰持續不停講話的人，在國內奔馳著。

在入境審查官事先告知的旅館一處房間內。

「這就是收音機吧。」

穿著白襯衫的奇諾，看著置放在房間裡的機器如此說。

打開厚重的木製外箱拉門，裡頭就是一台被金屬外殼包覆的收音機。

收音機正面設有四只喇叭，以及數也數不清的儀表板、旋鈕與按鈕；電線與天線則隱藏於牆壁內部。

如此具莊嚴美感又複雜奇特的機器，在這處充滿樸素木造家具的房間中，可說是獨放異彩。

「相當豪華呢，這個多功能實在誇張得厲害。」

卸下所有行李並用主腳架立好的漢密斯如此說，讓奇諾頗為感動：

「哦，我是不太清楚，不過能讓漢密斯誇獎，應該也相當了不起吧。」

「中間那個附帶小型喇叭的部分，應該可以取下來帶著走吧；外箱旁邊掛著的那個皮製包包，應該是隨身收音機專用的攜帶包吧。」

「原來如此，是可以帶到外面去聽的。」

「功能的話大概是知道的，不過只有帶著走那部分右下方的計數器不是很清楚耶，那會是什麼樣的數字呢？」

漢密斯說完，奇諾就看過去。

在那裡，有六組上面刻有微小字體的回轉式計數器，由上到下並列；數字的位數相當多，一共可以數到七位數。現在，上面的計數器顯示的是「二〇四」，下面五個則顯示著「〇」。

「漢密斯不知道的事，我也不知道——喔，我發現了某個東西。」

一張厚紙落在外箱底下，奇諾將它撿起，迅速讀了一遍，說：

「這是寫有簡單操作方法的說明書，其實本來應該是放在上面的吧？」

「發現得好！來聽聽看吧！奇諾。」

「我知道了。」

奇諾按照說明書的指示，首先將最大的開關推上去打開電源。收音機一度發出低鳴聲，接著就在四處亮起微光。

奇諾再轉動中等大小的旋鈕，調到上面寫著「國營廣播」且頻率數字事先設定好的頻道上。

最後，她再用最大的旋鈕慢慢將音量調大。從喇叭裡，可以聽得見一名男子字正腔圓、非常清晰的聲音：

『——的價格會比去年便宜，市場關係人士是如此推測。』

「原來如此，聽得見了。」

奇諾讓音量固定下來，漢密斯則坦率的發表感想：

「雜音少很好聽呢。」

接下來，收音機播放了幾則新聞。像是有關北邊城牆的修繕期程、某村的村長選舉、新發售的農業用卡車等等。

奇諾將包包裡的物品一起擺在床上，一面整理一面聆聽。

『下一則新聞，本日傍晚時分，睽違四年的旅行者來訪了。』

「哎呀！這會是在說誰呢？」

漢密斯立刻說。

「誰知道，會是在說誰啊？」

奇諾則停下了摺襯衫的手。

『是年輕的旅行者奇諾，以及摩托車漢密斯。奇諾的特徵是，黑色短髮、棕色大衣與黑色夾克；漢密斯則是V型雙缸引擎及銀色油箱。他們在本日傍晚時分從東邊城門入境，預定停留到後天為止。請各位國民注意在不損國格的情況下，溫馨的歡迎他們。』

新聞播報到此結束，開始氣象預報。奇諾與漢密斯在聆聽明天與後天都是晴朗天氣的同時，也交談著：

「奇諾，妳變得超有名的！明天開始會很辛苦喔！」

「不會吧，我又不會接受採訪，再說後天就出境了。」

「咦？妳不接受採訪嗎？」

「咦？你希望我接受嗎？」

天氣預報之後，政論節目就開始了。

奇諾看著說明書，將頻道切換到會一直播放音樂的電臺。由管弦樂團所演奏的安寧樂曲，清晰可聞。

「真不錯，如果在旅行途中也能聽到就好了。」

奇諾直到睡著以前，就這麼開著那台收音機。

隔天，也是入境第二天的早上。

奇諾還是如往常一樣，隨著黎明醒來。在窗簾的另一頭，開始泛白的天空發出濛濛的光。

奇諾也一如往常，打算進行「卡農」的拔槍練習，並從桌上拿起了空槍套：

「對喔……我交出去了……」

「妳那動作我還滿想看的。」

「哇啊！」

她被已經醒來的漢密斯嚇到了。

接下來奇諾一面聆聽收音機播放的音樂一面作伸展體操，以取代拔槍練習，一直運動身體直到出汗為止。

在淋浴並用過早餐後，奇諾將所有的行李全堆在漢密斯上面，從旅館出發。

「今天在國內中心區域悠閒逛逛，最後再到西邊城門附近的飯店。」

「知道了。」

在天空無雲、微風吹拂下，奇諾與漢密斯沿著國內道路行進。

城牆附近的丘陵地帶開闢為農地，柏油路在其中不斷延伸。偶而會有汽車緩行過來，裡頭的司機對奇諾他們用力揮手；甚至也有人會刻意迴轉與奇諾並行，說著歡迎來到我國的話語。

「果然，奇諾是名人了。」

「不是只有漢密斯而已嗎？」

奇諾與漢密斯在不久之後進入位於國內中心的某個城鎮。

這個城鎮建設在廣闊平坦的盆地上，依照地圖所示是這個國家的首都，道路寬廣車流量也很大。在道路左右，高樓大廈向天空伸展，大型百貨公司與劇場並立，發展程度非常高。

人行道上往來的行人也相當眾多，一大早就很熱鬧。而且，幾乎所有人肩上都揹著相同造型的皮製包包。

奇諾注意到這一點，說：

「那確實是收音機用的攜帶包。」

「對吧，大家真的帶著邊走邊聽呢，有很多人用一隻耳朵掛著耳機聽喔。」

「就算是邊走也要邊聽嗎。收音機真的很盛行呢。」

「奇諾，妳是驚嚇到了？還是感動到了？」

「嗯～都有。」

一到大公園前方，奇諾就在寬廣人行道旁將漢密斯停下來以確認地圖。為了節省燃料，引擎也馬上熄火。

就在下一個瞬間，在人行道上與公園內的本國居民們便一齊注視著奇諾他們。

有一發現就大感驚訝的人、有用手指著告訴旁人的人、有大大揮手的人、有定睛望著的人、也有可能是因為不管怎樣就是有事抽不開身只好依依不捨不斷偷瞄但腳步還是沒有停下來的人。

以及——突擊過來的人。

有數名男女，分別從公園的邊緣、道路的對面、還有停下來的車上，全力加速往奇諾這邊奔跑過來。

「哎呀，這次一定是來求簽名的。妳要給所有人簽嗎，好像會花很多時間喔。」

漢密斯如此說。奇諾則一面從漢密斯上面下來，一面說：

「既然已經出名了也沒辦法，那麼我就一面看地圖一面等到結束吧。」

「咦？」

就在奇諾正要立妥漢密斯的主腳架時，第一個來到奇諾他們所在位置的中年西裝男子，當然也是肩上揹著收音機的男子，開始劈哩啪啦地說了這麼一串：

『現在，旅行者們就在我的眼前！不會有錯！這正是四年不見的來訪者！正如昨晚的公共廣播所言，騎著一輛銀色油箱的摩托車，九點三十三分！突如其來的出現在中央公園前！接下來會採取什麼樣的行動呢！』

「……？」「？」

很明顯，這些話不是對眼前的奇諾他們說的。可是不管奇諾怎麼轉頭張望，男子身邊還是連一個人也沒有。

「跟昨天一樣耶，奇諾。」

「我大概也知道是怎麼回事了……」

『旅行者與摩托車，正在看我這邊！第一次接觸！我到底該說什麼才好呢？不對，歸根究柢，語言可以通嗎？』
「簡直把妳當世紀珍禽異獸看待了呢，奇諾。或者該說是外星人。」
奇諾無視漢密斯，直接對男子開口說：
「不好意思……請問一下。」
『語言可以通！聽見了嗎？對方主動開口說話了！那麼，我想就來進行一場突擊採訪吧！——
嗯哼，是的，請問旅行者有什麼事呢？如果是這個國家的事，請儘管問！』
「那麼就恭敬不如從命。該不會各位——」
奇諾對眼前的中年男子、以及全力奔跑過來圍住奇諾的其他居民、還有應該在「這群人身後那一頭」的人們，以略高的音量詢問確認：
「是用那台收音機，自己作廣播嗎？」
「咦？」
不論是反射性冒出這個字的中年男子，還是其他的人，全都露出了發現珍禽異獸時的表情。

「…………」

他們一起沉默、一起瞪大雙眼、接著一起睜圓。

在經過大約五秒鐘的靜默後，中年男子回答了：

「不會吧……該不會……旅行者您……不知道這件事就來這個國家了嗎？」

『現在，正在對旅行者就整個情況加以說明。面對這個難以置信的狀況，現場一陣騷動！對這樣的混沌，該怎麼表達好，我並沒有準確的詞彙。』

在另外一個人實況轉播的時候，奇諾從中年男子、還有硬插進來的其他人那裡，聽取有關這個國家收音機的說明。

正如奇諾與漢密斯所察覺到的一樣，這個國家的收音機不只可以收音，還可以發聲。機上設有高性能的麥克風，可以將周圍的聲音漂亮的收錄進來。

每一台收音機都配有一個頻率，誰都可以聽到它們發出來的聲音。當然不是所有人都一定會發聲，不過大多數人會希望讓他人聆聽自己的「聲音」，所以也積極享受廣播的樂趣。

「也就是說，全體國民都變成廣播電臺了對吧，這套體制還滿厲害的嘛，像這種的我應該是第一次見識到吧。」

漢密斯以相當關注的語氣如此說。而奇諾也坦率的表達感動：

「將自己的聲音自由的傳達給許多人嗎。真厲害。」

在說明告一段落以後，希望用收音機廣播的人們，一齊開始提出採訪申請：

「希望能上我的廣播。」「不對請接受我的獨家專訪吧旅行者。」「你在講什麼啊是我先來的。」「今天是我的生日就我吧。」「對摩托車熟悉的我最適合了。」「就算聯訪也可以喔？」

被麥克風一齊對準的奇諾，迅速採取她該採取的行動。

也就是，飛身翻上漢密斯快速發動引擎，駛離原地。

「嗯，這是正確答案。」

「不過我覺得都讓人家告訴我們了還這樣不太好……」

將許多人的哀叫留在背後，行駛至道路上的奇諾他們，眼前突然有變：

「哇啊！」「唉唷？」

一輛大型轎車從他們側面超越，接著就像覆蓋整條道路般的將前進路線擋下來。

奇諾緊急剎車，最後讓後輪橫向滑行一小段才停住。她跟轎車之間的距離，近到幾乎沒有。

「好危險啊～！」

漢密斯大叫著。

「真的……」

在奇諾碎念後的下個瞬間，從車內跳出來一名看起來約末二十歲的男子，而他的肩膀上揹著的是收音機。

他開口說出來的第一句話是：

『哎呀抱歉！就讓我停在這裡囉！』

在這句完全沒有任何歉意的話語之後，他接著說：

『嗚哇～好驚訝的偶然啊，這不是旅行者嗎？告訴我們一些事吧？因為現在我的聽眾都很期待！』

面對這名講話嘻皮笑臉的男子，漢密斯悄聲說：

「怎麼辦？要開槍嗎？」

「不要開槍，不能開槍。」

「他撿回了一條命啊。」

『什麼甚麼我聽不見~？我想聽眾們都希望說大聲一點哦？旅行者是從哪裡來的呢？好像聽說妳是女性？把妳的三圍告訴我吧？』

「怎麼辦？要開槍嗎？」

「不要開槍，不能開槍。」

「他撿回了一條命啊。」

眼看男子愈來愈逼近，奇諾立刻逃走。

這回，她已經無法使用道路；於是她騎上人行道向前奔馳，毫不顧忌地橫向越過公園的遊客步道。

「在公園內行駛應該是違法的吧？警察叔叔，奇諾就在這邊。」

「這是緊急避難。」

『啊！可惡！讓她給逃了！慢著！』

她拋下男子與轎車，越過整座公園。

「能出名之國」

—On the Wave—

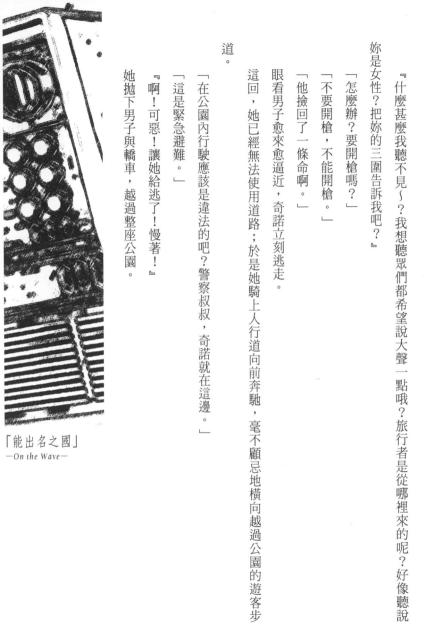

在穿越遊客步道，逃到公園另一邊的道路後，奇諾與漢密斯便沿著大道往城外奔馳。

在他們出了城鎮，來到一處周圍景色一望無際的田間道路時，奇諾回過頭去，沒看見有車子追過來，這才說：

「真是的，自從來到這個國家，總覺得一直在逃跑。」

並將速度放慢下來。

「不行啦奇諾，妳得要去面對問題才行。」

「才不要，又沒有說服者。」

「也對。」

「別這樣啦。真是的，本來是想多見識一下城鎮風光……想找個地方吃頓美味午餐的……」

「真哀傷。」

「看來，只好就這麼去西邊城門附近了……」

奇諾與漢密斯，在旱田綿延至山坡上、氣氛一派悠閒的田園風景中奔馳著。

遠方從事農作的人一看到奇諾他們，明顯表露非常吃驚的樣子。他們所有人的腳下也都擱著收音機，而且是一面聽一面進行作業。

不過，他們還不至於想用收音機廣播而突擊過來。

「也對，畢竟在工作中嘛，這才是正常狀況嘛。」

「對我來說，是得救了。」

就這樣，奇諾他們在山中道路無所事事的奔馳了好一陣——而在太陽上升到最高點的時候，向空腹認輸的奇諾看到一個人，隨即將漢密斯停下來。

在茂密昏暗森林中的一間屋子前面，那名男子正在開墾出來的旱田中採集水果。他的年齡大約六十歲，表情講好聽是正經嚴肅，講難聽就是冷淡無情。

奇諾詢問這附近有沒有餐廳，只見男子眼神尖銳直瞪過來，粗魯的說：

「這種地方會有那種東西嗎，去城鎮吧，妳妨礙我工作了，快點給我騎那個吵死了的交通工具滾。」

空腹的奇諾並沒有放棄：

「雖然話是這麼說……可是我們一去城鎮就會遭到收音機的襲擊……」

「沒錯沒錯，然後我們就這麼逃過來了。」

男子睜大了雙眼：

「妳是旅行者？」

「昨天入境，明天出境。」

奇諾回答後，漢密斯也作出推理：

「奇諾，我在這個階段明白了一件事。這個人完全不聽收音機的。」

男子原本瞪得大大的雙眸又變回原來的嚴厲眼神，說：

「要吃飯就在我家吃。」

在清爽秋空下，幾張桌子在屋子前面並排著，男子在桌上所準備的——是盛放蜂蜜與火腿的微焦烤吐司、連同柑橘類的果醬一起煮到軟透的豬肉、水煮過的紫色芋頭、以及有不可思議香氣的茶。

不管是哪一樣都是至今沒吃過幾回的料理，奇諾一下子就全部吃光光了。她在確認過茶的品種後，慢慢地喝。

「非常好吃，真謝謝你。」

奇諾對一直默默進食的男子道謝過後：

「我想，你對這個國家現在這樣應該滿悲憤的。」

突然提出這個話題。而停在奇諾後方的漢密斯則：

「哦，直球。」

小聲脫口而出。

男子並未因此就顯得心情不好，也就是說他一直保持嚴厲的表情，如此回應：

「沒錯，變成一個歪掉的國家了。」

他大大的點了頭，繼續說：

「如今，變成一個只要能增加一個聽取收音機廣播的人，不管什麼事都幹得出來的一大群白痴之國。逼迫糾纏你們的，就是這樣的傢伙。」

「原來如此。」

「我有問題！」

漢密斯說完，男子繼續以嚴厲的表情回了一句「什麼？」，從他的語氣聽來，感受不到不想回答的意思。

「剛剛大叔你順口說出：『增加一個聽取收音機廣播的人』，不過這種事你是怎麼知道的呢？」

聽到漢密斯這句話，奇諾也理解了：

「這麼說也對。」

「你還滿有智慧的嘛，吵死了的交通工具。」

「謝謝你這麼說。還有，我的名字是漢密斯。」

「收音機上頭，有聽取者計數器。這些收音機會蒐集使用者聽過哪些頻道的記錄，每分鐘自動發送訊號到統計總部；而統計總部則會對廣播中的收音機發送結果數據。」

「那是什麼好厲害！原來可以即時知道啊！那麼在隨身收音機右下方的計數器就是那個了吧！雖然是猜的不過最上面的是『累計』，接著是『一年期間』，再來分別是『一個月期間』、『一天期間』、『每小時平均』，最後該不會是『每分鐘平均』的聽眾數吧？」

聽到漢密斯的話，男子表情略顯驚訝：

「沒錯。」

粗魯簡短的回應。

「呀呵！計數器的謎底解開了，奇諾！」

「這樣啊……」

正當奇諾還在感動的時候，男子繼續說：

「所以，有人氣的頻道——其實換說成『人』也行，會有幾千、甚至幾萬人去聽。」

「如果能聚集許多聽眾的話，會不會連贊助商之類的也吸引過來呢？」

「你還滿敏銳的嘛，吵死了的交通工具。」

「漢密斯。」

「比方說，是什麼樣的呢？」

奇諾一問完，男子就立刻回答：

「曾有純粹想讓大家聽自己的音樂而廣播其演奏，結果被發掘成為職業音樂家的十多歲少年；

也有研究典雅修辭的古板語言學者，成為喜劇演員的例子。也曾有以孩子睡前故事的形式講得很出色，最後成為繪本作家的家庭主婦；也有臥病在床的高齡人士述說往事得到好評，以歷史說書人的身分得享盛名。」

「真是美好啊。」

奇諾坦率的如此說完，漢密斯就接著說：

「不過，不是每件事都這麼好對吧。」

「沒錯，吵死了的交通工具。」

「漢密斯。」

「剛才說的那些，是即使在大量人群中也非常非常稀有的成功案例。而只憧憬那些成功案例的人，也以為自己會是下一個而開始廣播，就類似那樣吧。」

「也就是說，這算是第二波第三波的跟風泛濫，瞎貓想碰死耗子囉。」

「你是不是講錯了啊，漢密斯。」

「妳很沒禮貌耶。」

男子咕嘟一聲將茶喝下收緊喉嚨，以更嚴肅的表情如此說：

「本來，這應該是一套讓真正有才能的人，能將其才華告知全體國民的劃時代體制而被珍惜使

用的。就連計數器，也是為了讓使用者知道聽眾反應而保持幹勁的裝置。可是即使這樣，它還是成了單單盼望『只想變紅人、只想變有名』的呆子們手上的玩具。而且為了這種理由，呆子們毫不節制的以快速出名為目標。這些傢伙，總之就是幹盡蠢事只求眾人關注；像是不斷說些愚劣的話，一心只顧講人壞話之類的。」

「也就是說，二名糟髒吧。」

「…………是『惡名昭彰』吧？」

「對，就是那個！」

男子沒有去理會奇諾與漢密斯，繼續說：

「這些人總有一天玩膩了就會消失；不過嘛，很快就會有新人加入就是了……這些人還算好，畢竟他們只是自己幹蠢事。最讓人困擾也最惡劣的人，就是糾纏名人的傢伙了。只要一發現已經成名的人，他們就會毫不客氣的突擊過來攀談，然後把這個過程用收音機隨意播放出去。一旦知道普通的問題無法得到普通的回應，他們就會作出遊走法律邊緣，有時甚至違反法律的失禮舉動，再將對方的憤怒反應傳播出去只求能出名。我還不知道有誰比這些人更垃圾。」

「原來如此……所以那個男的才會那樣啊。」

「奇諾也是名人了嘛。」

「不過，拜此之賜我才找到這麼好吃的午餐，真是謝謝了。」

男子用鼻子「哼」了一聲，將眼睛瞇到目前為止最細的程度，搖搖頭，說：

「可嘆啊！真的是可嘆啊！不是為了那種事、不是為了那種事才建立這套體制的啊……」

對著仰天長嘆，眼看就快哭出來的男子，漢密斯輕快的說：

「啊啊原來如此，大叔你就是以前建立那套體制的人吧。因為對現狀無法忍受，你自己就再也不去聽收音機了，對吧。」

男子的動作瞬間停住，接著他說：

「你還滿敏銳的嘛，吵死了的交通工具——如果你有收音機，說不定聽的人會很多。」

「太好了！我會變紅人！不對，紅摩托車！還有，我叫漢密斯。」

在興奮歡笑的漢密斯前方，奇諾對男子問道：

「就算這樣，今後這種收音機環境變好的可能性也——」

「不存在啦。」

話還沒說完，就被否定了。

「是這樣嗎……？」

「是啊。你們在入境前，應該看過被強風吹到整株打橫的松樹了吧？」

「是的。」

「嗯看過。」

「就跟那個一樣。一個長歪的龐大體制，不可能再度長回筆直。如果硬要弄直的話——會斷掉。」

奇諾與漢密斯向男子道別，在森林中奔馳。他們在天色還很明亮的時候，進入位於西邊城門前的旅館。

漢密斯看著果然還是置放在房間裡的收音機，說：

「我說奇諾，就當作在這個國家的停留紀念，要不要試著廣播看看？」

「能出名之國」
—On the Wave—

「我不適合。不如就像那個人說的一樣，漢密斯來作如何？」

「因為真變成紅摩托車的話說不定就沒辦法出境，所以不了。」

然後奇諾與漢密斯接著說：

「其實體制本身並不是惡的。」

「沒錯沒錯，如果收音機會說話，一定會抱怨：『這不是我們的責任』啊。」

他們一面聆聽收音機的各種頻道一面悠閒度過黃昏。

隔天早上，入境第三天。

奇諾在太陽升起的同時，離開了旅館。

在蒼藍天空下，她一下就來到西邊城門前，就在引擎熄火的那一瞬間。

『出現啦啊啊啊啊啊！找到妳了旅行者！』

她被昨天那名開車的年輕男子叫住了。

男子肩上揹著收音機，緊緊穿著厚厚的防寒服裝，一發現奇諾與漢密斯，就從城門前公園的灌木叢中，邊甩落葉片邊竄了出來。

「一整晚都躲在那邊等嗎……」

奇諾驚訝到愣住了。

「對廣播這麼有毅力，其實也滿了不起的。」

漢密斯則稍稍誇獎。

「呃不對，應該說是『對想出名這麼有毅力』，吧？」

又稍稍修正。

『各位我找到旅行者了！哎呀因為沒有其他人在，鐵定是獨家廣播了！各位有沒有在聽呢？如果可以的話請跟鄰居說拜託他們把頻率調過來吧！』

奇諾在城門前提送出境申請，雖然獲得受理，不過對方請她稍候一下，等先前交出去保管的「卡農」從保險櫃拿過來。

奇諾與漢密斯迫不得已只好佇立於城門內側，男子則來到他們眼前，說：

『等一下旅行者！你們這樣逃跑不是很過分嗎？而且在公園內的遊客步道飆車不是違反道路交

通法嗎？你們有守法的意思嗎？話說回來，你們踐踏法律成那樣，還能平安無事出境都不會覺得這很奇怪嗎？不應該被開罰單嗎？不過嘛，因為不是現行犯的關係我就原諒你們啦！哇啊好溫柔啊我！我好溫柔啊！』

奇諾無視。

『雖然是很久很久的往事啦，不過以前曾經有惡劣旅行者不停在這個國家幹下竊盜勾當就出境逃亡的記錄。關於這一點身為「同類」的旅行者妳怎麼看？』

奇諾無視。

『幹嘛啦，裝無視啊？只會無視而已嗎？妳是無視專家喔？』

奇諾無視。

『不回答，是因為妳有作過各式各樣虧心事的經驗囉？對吧？』

奇諾無視。

『坦白說，妳以前不會也幹過盜賊吧？』

奇諾無視。

『妳不說話就代表，呵呵，我說中了吧！』

奇諾無視。

『那輛摩托車也是偷來的吧？那件大衣也是吧！』

奇諾瞪著他。

『幹、幹嘛啦……怎樣啦？妳這種人完全不可怕好嗎？想打人啊妳？辦不到吧？妳這個膽小鬼！——在聽收音機的各位，旅行者正在瞪我！喔喔好可怕好可怕！不過，愈弱的人愈常瞪人啦！我有各位聽眾在身邊！會跟各位一起戰鬥的！這種屁孩等級的人我才不會怕咧！』

男子嘴上滔滔不絕身體卻有些退縮，漢密斯則從下方悄聲說道：

「這種時候有個很方便的詞可以用喔，奇諾。」

「什麼樣的詞？」

「『吵死惹』。」

「……『吵死了』？」

「我講對了嘛！」

「我知道，只是想講出來而已。」

「好過分！」

終於，入境審查官對奇諾一行出聲了。

奇諾將原本脫下來的帽子戴好，把防風眼鏡戴在額頭上，開始推著漢密斯。

『喔！旅行者要出境了！』

奇諾在城門外收下『卡農』，進行組裝。她把本體收進槍套裡，備用彈匣則裝進皮帶上的小包包中。

然後，一輛車來到她旁邊，停住了。

那是昨天男子開到差點撞上奇諾的大型轎車。

在駕駛座上坐著的當然是那名男子；而位於左邊副駕駛座的收音機，則置放在坐墊上，而且還不是隨身型、是正宗的擺設款式。收音機用繩子加以固定，電源則從車內電池取用。

『接下來是行動實況轉播啦！』

車頂上伸著一支長到誇張的天線；車身四處突出好幾根鐵管，這些鐵管前端裝設了麥克風；而麥克風還被細心地套上絨絨的毛——也就是防風的裝置。

『各位！我現在就在國外啦！聽得到嗎，這城牆外的風聲！』

「呃，都加防風裝置了不可能聽得到吧？」

漢密斯悄聲說。

『各位親愛的聽眾，很抱歉對你們保密啦！我的必殺技大爆發囉！其實我早就知道會這樣，昨天下午就完成「國外植被調查」的申請取得資格了！因為我有許可證，在三天時間結束以前都可以在國外！車子裡頭也塞滿了燃料飲水跟食物！第一次在城牆外！我好興奮啊！』

「該不會……他要跟過來嗎……？」

奇諾將大衣前方聚攏密合，並將過長的衣襬捲在雙腿上固定，同時如此說。

然後，男子真的跟過來了。

奇諾一來到綠色斜坡的道路上，他就跟在後面。看起來彷彿是兩輛感情不錯的車，組成一隊旅行一樣。

「漢密斯，抱歉……等到看不見城門我就馬上停車。」

「知道。」

奇諾如此說完，便盡量讓漢密斯緩慢行駛。

等到她沿著斜坡側邊的道路上去，接著在要開始下坡的地方，也就是在她來到從城牆那邊無法望見的場所時：

「真敗給你了……」

她在變寬的道路正中央將漢密斯停下，將引擎熄掉。

接著她將防風眼鏡拿下來掛在頸子上，先前才剛聚攏密合的大衣前方也敞開，從右腿拔出了「卡農」。

包括執行奇諾入境審查的那名五十多歲男子在內，那個國家有相當多數量的人們正寸步不離收音機——

『哎呀，旅行者突然停下來囉！怎麼啦？為什麼會在這麼鳥不生蛋的道路正中央停呢？是上廁所嗎？如果是的話，是不是要暫時停一下實況轉播好呢？畢竟我不想侵犯他人隱私，哇啊好溫柔啊我！我好溫柔啊！』

大家正在聆聽年輕男子在國外的實況轉播：

『好啦，現在我也熄掉引擎華麗下車了。在我的眼前，群山是這麼的寬廣～！嗯，風景真不錯啊。哎呀？旅行者正朝我這邊過來了是怎麼回事呢？搞不好她正打算提議：「我被你的熱情打敗了，要不要一起去旅行呢？」也說不定喔？因為我其實是很受歡迎的——』

砰砰——！

開槍聲，把男子的聲音整個蓋掉了。

『妳這傢伙！突然這樣是想幹嘛——』

砰——！

『呀啊！住手！快住手妳這白痴——』

砰——！

『我知道了！我知道了就別再往我這邊開槍啦！好嗎！呃，這個我的語氣是有點粗魯啦？以後我會用有禮貌的詞句來講——』

砰——！

『噫呀！啊、對不起！真的對不起！我很抱歉！我有點狂過頭了！我狂過頭了——啦！如果您要說什麼我都會聽您說，至少請別用那個說服者對著我——』

砰——！

『噫咿咿咿咿咿！』

『你聽好。現在，我一共開了五槍，這說服者是六連發。』

『咿？咿？咿咿咿？什、什麼？什麼？』

『也就是說，還剩下一發子彈。然後，我現在要讓彈匣隨便旋轉給你看。』

『咿？』

喀喳喀喳喀喳喀喳喀喳喀喳喀喳喀喳喀喳喀喳喀喳喀喳喀喳喀喳喀喳喀喳。

『好了，這樣一來，子彈留在彈匣的哪一個地方，連我也不會知道了。』

『咿咿？然、然後，妳要幹嘛——做什麼呢？』

『我要對準你的頭，扣下扳機看看。』

『噫呀？——笨蛋快住手想殺了我嗎住手啊！』

『機率因為只有六分之一是很低的。而且，如果只讓你挨槍不公平，我也會對自己開，這樣一來就公平了吧。』

『咿！妳、妳這麼作是要幹嘛——做什麼呢？』

『要玩遊戲。你應該很興奮吧？我猜大家應該會聽得很高興吧？你就先暫時別動吧——呃～正聆聽收音機的各位好，現在要開始玩一場生死遊戲。我想是這樣的，因為差不多一百秒以後就開始，所以這段期間請各位儘可能跟更多人聯絡，請他們來聽這個頻率。』

『好了，因為差不多已經過了一百秒所以就開始吧。再確認一下規則：六連發左輪手槍，剩餘子彈一發。每次旋轉彈匣過後，就對準腦袋扣下扳機。當然，由最先說的我先來。』

喀嚓。

『咿！』

『沒打中。我運氣很好。那麼下一個是你——因為你的手好像在抖，就由我幫你代勞吧。』

喀喳喀喳喀喳喀喳喀喳喀喳喀喳喀喳喀喳。

『不要啊！住手——』

喀嚓。

『沒打中。我們彼此運氣都很好。』

『嗚咿……咿咿……』

『我說奇諾，再加一顆子彈把機率提高到三分之一會不會比較刺激呢？我猜各位聽眾也會這麼想的。』

『或許是這樣沒錯，可是只為了這理由裝子彈還挺麻煩的。』

『白、白、白、白痴啊！為什麼！妳要這麼作！妳、到底把人命當什麼了啊！妳這個神經病！』

男子的慘叫聲，響遍了國內的各個地方。

而放置在副駕駛座上那台男子的收音機，其計數器正猛烈迴轉，位數也一口氣增加不少。

『呃，可是……收音機可是非常激動呢？沒錯吧？』

『…………』

『那麼，來進行下一輪吧。這次換你先。』

喀喳喀喳喀喳喀喳喀喳喀喳喀喳喀喳喀喳。

『不！不要——』

喀嚓。

『咿咿……』

『沒打中。那麼換我。』

喀喳喀喳喀喳喀喳喀喳喀喳喀喳喀喳喀喳。

喀嚓。

『我們繼續吧。你先來。』

喀喳喀喳喀喳喀喳喀喳喀喳喀喳喀喳喀喳。

喀嚓。

『換我。』

喀喳喀喳喀喳喀喳喀喳喀喳喀喳喀喳喀喳喀喳。

喀嚓。

『那麼下一輪——』

『奇諾~那個人，已經昏過去了喔？』

『咦？啊，是真的……倒在道路上了……該怎麼辦？』

『只能放他在這邊了吧？因為好像也沒有危險的動物在這裡，沒問題的。哎呀，最後還是要幫他把收音機電源給關掉啊。如果車內電池沒電的話就糟糕了。』

『我知道了，就這麼辦。那麼……遊戲已經結束，我們就此告別了。』

『聽這台收音機的各位，有沒有很開心呢。本段廣播，是由摩托車漢密斯！』

『咦？』

『快點快點。』

『……旅行者奇諾。』

『以及現在，睡在道路上的男子共同播出！再見啦~！』

卡嚓。

在關掉收音機以後，奇諾就這麼將昏倒的男子丟在道路正中央，回到漢密斯旁邊。

「辛苦了，奇諾。」

「是很辛苦啊。」

奇諾把「卡農」的前半部拆解下來，開始將裝填六發子彈的備用彈匣，替換掉已經一發不剩的彈匣。

面對以熟練動作更換彈匣的奇諾，漢密斯如此說：

「一開始開槍的時候，妳就快速連發兩槍了對吧？」

「你果然注意到了？」

「就算我在奇諾背面看不到，靠聲音就馬上知道了。因為奇諾可以更快速的連續發射，所以是故意把開槍速度放慢了對吧。說不定在聽收音機的人裡頭，也有人知道了喔。」

「是這樣就好了。」

在彈匣更換結束之後，奇諾將「卡農」插回槍套，將大衣前方聚攏密合，跨上漢密斯，戴好防風眼鏡，再發動引擎。

「…………」

奇諾看了男子一眼，就讓漢密斯向前進。

行駛沒多久，道路隨即縮窄且數度彎曲，路肩邊緣也變成陡坡。

奇諾一面緩緩的、謹慎的讓漢密斯馳行，一面說：

「那輛車還想在這條路上走……實在太亂來了。」

「我覺得翻車的實況轉播，應該會更刺激喔？不過如果那個人也明白，是奇諾救了他一命的話就好了。」

「也沒什麼吧。」

「奇諾真溫柔。」

「也談不上這樣吧。明明師父說過：『不准用說服者去嚇人』……我卻違背了她的指示。」

「這也沒辦法，在那種情況下沒有其他能夠『說服』的方法啊。」

奇諾安靜了好一陣子，之後喃喃說出一句話：

「習題的答案，我現在要說了。」

「嗯？妳要說什麼？」

「入境以前你不是說過嗎：『對我來說，在一個國家所追求的最重要東西是什麼呢？』」

「啊啊，嗯，想起來了。然後？」

奇諾在大彎道面前再將速度放慢，謹慎過彎以後才說：

「那就是『可以悠閒度過』啊。」

昏倒男子甦醒時，已經過了中午。

而男子的第一個行動，是確認那個旅行者是不是在周圍——

「…………」

旅行者與摩托車早已遠遠駛去，就算在稜線盡頭也望不見他們的身影。

「可惡……可惡……」

男子就這麼哭喪著臉鑽進車內，看到了電源被關掉的收音機：

「那個混帳！」

接著，他照平常所作的那樣看著計數器：

「咦！太扯了……！」

從未見識過的數字讓他一瞬間失去言語：

「太──────、棒──────了啊啊啊啊啊啊啊啊啊啊啊啊啊！」

然後如此大叫著。

男子在狹窄的道路上，好不容易讓車子調轉方向，開始回城牆去。

他並未打開收音機的電源：

「那個混帳……我絕不原諒……等我回去，一定要把妳的劣行全部廣播出去……」

而是將腦中想的東西就這麼脫口而出，沿著坡道下去。

「嘿嘿！不過，雖然遇上了很慘的事，但我也變得更有名──不對，畢竟是那樣的數字啊，說不定我已經算有名了……嘿嘿嘿！等我回去一定要盡情廣播到爽……」

車子回到了城牆前面。

男子與車子穿過兩層城門，進入國內：

「咦？」

然後，就被大量的人阻擋住去路。

肩上揹著收音機的人，將車子層層包圍起來。車子不論是向前還是向後，都完全無法繼續行進。

「咦？」

在駕駛座上的男子，被麥克風一支接一支的對準。

『你害怕嗎？』『那個旅行者後來怎麼樣了？』『你沒受傷嗎？』『你對這次行動會後悔嗎？』『有人甚至說你「真的很丟臉」請下評論！』『為什麼你不反擊呢？』『為什麼你不繼續跟下去啊？』『慘叫聲，真難聽啊！可以在這裡重現一次嗎？』『你哭了對吧？眼睛周圍紅紅的哦？』

男子大叫：

「吵死了！你們給我閉嘴！」

「能出名之國」
—On the Wave—

『因為你的慘叫聲我已經錄下來了，以後就在我的收音機裡當音效用囉！』『我剛才去探訪過了，您父母親在自己家可是超悲憤的喔！』『你女朋友已經說要跟你分手了。』『喂，你都不會說話了嗎？平常不是更饒舌嗎？』『讓旅行者逃走的你好溫柔啊！』『嘿ＹＯ！這就是你那卑劣的品性！這就是你可笑的爛行動！』『因為你沒有蒙神寵愛所以才會變成這樣。』『這輛車，你是從哪裡偷來的呢？』『你真的是遜爆了！』『你沒有漏尿吧？給我看一下內褲！』『以後你就改名叫昏倒先生如何？』

「吵死了！吵死了！你們給我閉嘴！有什麼權利啊你們！閉嘴閉嘴閉嘴！」

結果，誰也沒有閉嘴。

## 第二話
# 「俊男美女之國」
—Tastes Differ—

# 第二話「俊男美女之國」
## —Tastes Differ—

我的名字叫陸，是一隻狗。

我有著又白又蓬鬆的長毛。雖然我總是看似愉快地露出笑咪咪的表情，但並不表示我總是那麼開心。我是天生就長這樣。

西茲少爺是我的主人。他是一名經常穿著綠色毛衣的青年，在很複雜的情況下失去故鄉，並開著越野車四處旅行。

同行人是蒂。她是位沉默寡言又喜歡手榴彈的女孩，在很複雜的情況下失去故鄉，後來成為我們的伙伴。

越野車在山坡上緩緩爬行。

在陡峰相連樹木不生的山地中，遍地碎石的道路不時彎曲並向前延伸。

雖然有一定的寬度，不過遺憾的是，這條路是在陡坡上開鑿出來的，如果出了路肩，就會摔落

數百公尺下的谷底，我不認為有活命的機會。就算是西茲少爺，也不得不謹慎駕駛。

就時期來說現在是盛夏，不過因為是海拔很高的場所，所以是還滿宜人的氣溫，一到夜晚甚至會感覺到冷。晴朗的天空很美麗，偶爾吹過來的風也感覺舒服。唯一要在意的地方是從正午太陽直射而下的強烈紫外線。

在駕駛座上的西茲少爺，穿著短袖上衣；而在副駕駛座上，從後方抱著我的蒂，還是上衣與短褲的平常裝扮。

因為在這種環境下會被曬傷的關係，越野車的車頂貼上了毛毯，將上方與側面整個蓋住用來防曬。

由於速度一快毛毯就會飛走，緩緩開車反而很適當。

「這條路前方好像有兩個國家。」

西茲少爺對蒂說明著。

「…………」

雖然蒂一如往常的沉默，不過西茲少爺說話的時候她一定會聽。

「這兩個國家是同一時期建立的姊妹國、或者應該說是兄弟國——不過不管是哪一種都無所謂吧。而它們的歷史似乎非常古老。兩國之間雖然往來自由，不過道路就如妳所見，走起來應該不算輕鬆吧。」

一點也沒錯。正因為現在是盛夏、正因為在越野車上我們才會覺得愉快，如果在這以外的季節徒步或騎馬，這條道路應該會讓人感到很吃力吧。

「好了，會是什麼樣的國家呢？」

在西茲少爺說出這句話的時候，越野車越過了一個山頭，可以看見國家就座落在廣大的盆地中。

我們沿著斜坡下去。

從上方看下去的城牆範圍，大概算是中小型的國家，當中可以看到住家與高樓大廈。國家發展有相當程度，甚至也有汽車在行駛。

在下坡到了盡頭，我們抵達城門時，手持自動連發式步槍的衛兵出來迎接。他們所有人臉上全都蒙著黑色面罩，眼睛則帶著有色的防風眼鏡。

這麼說來，以前西茲少爺曾說過。

看不見戰鬥對手的臉，很麻煩。如果對手的臉浮現畏懼的表情，當然就好打。

若是對手微笑的話那就是強敵；而如果對手的臉被遮起來，因為完全不知道表情會最難打。

不過嘛，因為沒有和他們在這裡戰鬥的必要，西茲少爺就在對方面前停下越野車，不帶刀慢慢走過去。

沒過多久，同樣蒙面戴防風眼鏡的入境審查官走過來，與西茲少爺交談。

雖然不知道對方是怎麼看待一個青年與狗及少女的組合，總之入境許可是下來了。

有關移民的問題，則得到一個經常聽聞的回答：希望我們在國內洽詢。

只不過，入境審查官似乎還說了這樣的話：

「最終審查結果是由鎮公所來作決定，不過看你們這樣，我猜應該很困難吧。如果沒有得到許可也請別責怪，若是遇到那種情況，希望你們可以好好休息。」

看我們這樣就不行的理由是什麼呢？

他沒告訴我們。

越野車穿過了剛好開到比車頂高一點的城門。

而在國內，我們看到了相當整齊的街道風光。處處種植著綠色植物，景色看起來很美麗。在山岳地帶要綠化到這種程度，應該是很不容易。

仔細一看，栽種綠色植物的區域全都用石頭圍成區塊，可以整塊移動。因為冬天應該會很寒冷，可以移到類似溫室的場所裡去吧。整套體系還滿精心設計的。

「國家的情況怎麼樣都無所謂。不過，人們不知道是怎麼樣的呢？」

西茲少爺如此說。的確最重要的是這件事。

我們前往位於國內中心區域的城鎮，據說是人們頻繁活動的場所。

然後我們看見了。

除了俊男與美女以外，別無他人。

這不是比喻，也不是客套話。

就我所見，這個國家除了俊男與美女以外別無他人。

走在街道上的居民們，都擁有端正到可怕的容貌，眼鼻位置都左右對稱的很漂亮而且很均衡，臉型也是大多數人理想中的形狀。

簡單來說中年男性就是「紳士」、老年男性很酷、孩子們則都像天使一樣可愛。至於女性，不論哪個年齡層都是令人眼睛一亮的美女。

一開始，我還以為自己在電影拍攝現場迷路了，不過看來不是這樣。

「想不到，每個人都這麼美貌啊。」

西茲少爺驚訝的說。雖然我認為西茲少爺也滿帥的，不過因為不適合在這裡開口，於是保持沉默。

「沒什麼，普普通通。」

蒂難得開口說話了。

「啊哈哈，謝謝妳，蒂。」

西茲少爺，這時候你要跟蒂說：「妳也很可愛啊。」

雖然我發出強烈的意念，不過沒能讓西茲少爺心電感應到。

我們為了消除旅途疲勞找了間旅館，跟帥帥的櫃臺人員辦手續，在帥帥的服務人員引導下，被帶到一處裝潢簡雅的房間。

是好久不見的床。蒂一下子就跳到自己那張床上，睡著了。

所謂傍晚開始睡到半夜就睡不著的顧慮，對蒂來說是無意義的。她不論何時何地都睡得著。

西茲少爺將已經鄭重回絕過的我帶到淋浴室去豪爽的洗了個澡，用毛巾使勁擦乾以後再用吹風機豪爽的對我吹。其實可以不需要的。

之後他自己也洗了個清爽的澡，在沙發上悠閒的休息，並說：

「真是個滿街都是俊男美女的國家。」

「也是啦。搞不好可以移民的條件，會不會就是這個呢？」

我將剛想到的事隨口說出，西茲少爺也回應了：

「其實，我也在憂慮這一點。」

「呃，我想你是沒有必要去『憂慮』啦……」

「嗯？」

你真這麼想啊。

隔天，我們徒步來到鎮公所，順便當散步。

當然是為了洽詢可否移民的問題。幸運的是當天非假日，鎮公所正忙碌的處理業務。

雖然等了一陣子，不過我們還是向負責業務的男子提出詢問。

那名看起來約四十歲的西裝男子，外表就像我在某個國家看過的愛情電影男主角。

「那麼，旅行者——呃，西茲先生、蒂小姐、陸先生，你們說希望能移民到我國來。」

西茲少爺表達同意，等待下一句話。而男子則：

「實在非常難以啟齒，如果從結論開始說明的話——」

先加了這一段前提後，繼續說下去：

「沒辦法。各位的容貌，都太過端正了。」

「什麼？」

西茲少爺忍不住反問回去。

「…………」

坐在旁邊椅子上的蒂，臉龐也有些微動作，但也只是向一邊歪幾公厘而已。

我當然也很驚訝。

「你剛才說什麼？」

「是的，我說因為各位的容貌都太過端正，所以沒辦法移民。」

「…………」

「我想，對這件事有必要再說明，各位的時間沒問題吧。」

也好，也沒別的事好做。

「那麼，我就稍微講解一下我國的歷史吧。在遙遠的昔日，我國與位於稍遠地方的姊妹國同時建國。畢竟實在太久遠了，並沒有留下太詳細的記載。」

原來如此。有關姊妹國的資訊，是有在我們手邊。

「然後，兩國持續密切交流，也不斷的刻劃歷史。但在兩國幾乎可說是完全相同的風俗習慣當中，還是僅存了一個決定性的差別。」

嗯嗯，那個差別是？

「美的感覺。」

什麼？

「什麼？」

我的心聲跟西茲少爺的聲音完全同步了。

「美的感覺——也就是何者為美何者為醜的感覺，不過在這裡指的是跟人有關的美感。也就是說呢，在我國被當成『俊男美女』的人，在姊妹國就完全不被這麼認為；反過來說也一樣，姊妹國的俊男美女，在我國就，呃雖然講得不好聽但就是『不好看』。而兩個國家，一直都把『外貌美麗』列在對配偶的需求條件第一位。甚至到了如果沒辦法跟美麗的對象結婚，就算不結婚也無所謂的地步。」

「原來如此，到這裡我都能理解。這麼說來……我也能推測到會發生什麼事了。」

西茲少爺，以學者般的口吻如此說。

「你注意到了嗎。沒錯，因為兩國的往來是自由的，所以為了能讓自己被視為俊男美女，亦即能讓自己結婚，許多人就相互移民到對方國家去。」

原來如此。

在其中一個國家被當成「非美女」的女性，如果去另外一個國家就能被視為「美女」而受到盛大歡迎的話，那當然就會去了。就算是男性也一樣。

當然，應該還是會有相當數量不論在哪一個國家都不被認為「美麗」，簡單來說就是外貌「中庸」的人吧。

不過，這樣的人會很可悲的，無法在執著於美的兩國境內結婚，最後連子孫都無法遺留就此消逝了吧。真可怕的自然淘汰。

「就這樣，兩個國家的血脈就愈來愈混雜了。結果生下來的孩子們，變成什麼樣子呢？會單單綜合那些美麗的特徵變得超級俊美嗎？不，這麼單純的事情並沒有發生。」

男子瞇起眼睛繼續說：

「我們追求到的美麗，愈來愈稀薄了。混雜的血脈，總是會呈現中間程度的特徵。就這樣經過很長很長的時間，毫無特徵的平均外貌也一直在增加，若是要說結果變成什麼樣子——」

「那就是每個人，都變成像現在這樣的美麗容貌……」

聽到西茲少爺的話語，男子非常悲傷的搖搖頭，說：

「你說『美麗』？別鬧了，那是你這個外國人的感覺啊……在我國，像我這樣的容貌，可是『隨處可見的無趣無個性容貌』啊！講極端一點就是『不好看』！不過嘛，大家也都一臉那種容貌就是了……」

原來如此。

雖然完全不知道這兩個國家的人們擁有何種美的感覺，不過他們一定喜歡非常有個性的容貌吧。像是臉的某些部位比較大、或是五官位置的均衡情形比較特殊，那就是「昔日的美」。

可是，正因為彼此可以自由交流，血脈就愈來愈混雜了。

正如男子剛才所說，混血過程愈有進展，下一代的特徵或五官均衡就有愈平均化的傾向。

就結果而言，就會生成形狀或眼鼻相對位置皆均勻端整的容貌。那正符合我與西茲少爺，還有世界上別的國家的人們所具有的美的感覺。

不過，在這個國家與姊妹國當中，那樣的容貌絕對不美麗，被認為是個性平均、而且無趣的容貌。「容貌端正」在這個國家，並非稱讚的話語。

看來在姊妹國應該也發生類似的事，居住在那裡的人們每個容貌都彼此相像了。

雖然在漫長的時間當中，「美女．俊男的定義」是可以改變的，但是這些國家卻頑強的持續堅守下去。

最後那名男子，以非常悲傷的表情這麼說：

「旅行者，如果長得更帥——抱歉，外貌更『有個性』的話，我們就會很高興的歡迎你們了啊……」

就這樣，我們移民的夢想破滅，隔天便收拾旅行物品出境了。

當我們再次在險峻山路上低速前進時。

「雖然到目前為止因為各式各樣的理由沒辦法移民……但這樣的理由還是第一次；而且，也應該是最後一次吧。」

西茲少爺說。

我則將剛想到的事情說了出來：

「也就是說他們現在，是用美醜以外的理由去決定配偶的。某種意義上也算是『看的是你這個人』了。」

西茲少爺點點頭，說：

「說的也是。所以，直到今天還是有子孫遺留下來，國家也延續不斷……到底這是好事，還是壞事，搞不太清楚了。因為對他們這些在配偶身上追求『美』的人來說，這只能算是痛苦的妥協。」

「另外一個國家，要去看看嗎？說不定——」

「說不定我們會符合他們所具有的美的感覺？」

「是的。」

剛才出境的那個國家的人們，明顯不符合姊妹國的美的感覺，不過西茲少爺與蒂說不定不一

樣。說不定他們在某些地方有「俊男美女」的特徵，在姊妹國大受歡迎。不過嘛，我想這可能性，極端微小就是了。

「不，不去了。即使對方說『因為美貌』而同意我們移民，這之後，也似乎會過得相當痛苦。」

西茲少爺立刻作出決斷，蒂則喃喃說出一句話：

「還是想看到，內在啊。」

越野車在山坡上緩緩爬行。

第三話
「N之國」
—N—

# 第三話「N之國」

—N—

冬季開始時，奇諾打算入境某個國家。

雖然往常都是待三天，但這回不一樣。

她考慮直到冬季結束路上積雪減少，摩托車可以行駛以前，最短也要一個月、長的話則需要三個月的長期停留。

當然，那不能不是一個可以在這段期間討生活的國家。

簡單來說，就是要有連外地人也能賺錢的工作。因為奇諾能作的事很多，如果不奢求的話總是有辦法。實際上，她到目前為止也總是有辦法走過來了。

可是，如果沒辦法的話——她就不得不沿著先前辛苦來到這裡的路線折返回去，並緊急將目的地設定在溫暖的南方地區了。

在城門前面。

「到底最後會怎麼樣呢！會不會沒辦法呢～？應該是沒辦法吧～」

漢密斯開心說著。

「漢密斯，你只是想繼續行駛吧？」

奇諾冷靜的說。

「最長三個月的過冬停留嗎？當然是可以，不過有一個條件。」

在城門前的辦公室，入境審查官如此說。奇諾問「是什麼呢」。

「奇諾應該有十五、六歲了吧？」

「咦？呃……這個……因為長期旅行，已經記不得正確的年齡了。」

「應該有十五、六歲了吧？」

「請當作是那樣好了……」

「好的。在我國，十八歲以前要接受義務教育。當然，不是『當事人有受教育的義務』，而是『監護者有讓被監護者受教育的義務』——不過在同意入境停留的情形下，我國對奇諾的義務就自

動產生了。」

「我才不要呢！我才不想用功學習啦！」

「漢密斯你安靜一點。所以呢？」

「啊哈哈，剛剛那段模仿，還滿像的呢。」

「是這樣的嗎？——所以呢？」

「是的。奇諾的食衣住各方面都由國家供應，相對條件是，停留期間必須要上學。」

「原來如此，具體來說，是什麼樣的形式呢？只要在非假日的時候，每天都去學校就可以了嗎？」

「不，在我國，已經不存在所謂『學校』的設施了。」

「什麼？」

「什麼意思？」

面對奇諾與漢密斯的詢問，入境審查官挺起胸膛，如此回答：

「在我國，建置了一套由性能優越的電腦所組成的網路系統。而一切學習，都可以透過電腦網路在家中進行！」

奇諾的過冬停留開始了。

奇諾借下了國營住宅的一間房，跟漢密斯住在那裡。

雖然空間不大，不過有暖氣有廁所也有淋浴設備，對基本上以露宿維生的奇諾而言是理想的房間。

供三餐，而且提供營養均衡的食品。雖然不豪華，但是對平常都吃攜帶糧食的奇諾而言，是夢幻般的飲食環境。

奇諾接受這個國家「高中」一年級的教育課程。

奇諾每天——主要用一整個上午，一面觀看房間裡電腦螢幕上的講師影像一面學習，一堂一堂的去消化課程。

那些課程有數學、物理、科學、地理、語文，以及把那些領域的專家找來傳授的特殊課程。

當然時間並沒有特別的規定，所以已經懂的部分可以快轉，不懂的部分也可以不管幾次都倒回再看。如果有不懂的地方想要發問，可以將它寫進電子郵件寄給級任老師。

有時候會有考試，答案還是透過電腦網路傳送給老師，打過分數後再送回來。

一天要學習多久時間，端看當事者的理解程度與熱情。學得多當然好，如果有別的事情要做或是有必要休息，學少一點也沒關係。

當然，因為還是有一些最低限度的必修課程，這個部分就是自己的責任。其計畫從訂立到執行的過程，這套系統也可以從旁教導。不管是假日還是平日，只要在自己喜歡的時間使用就行了。

因為奇諾早睡早起，她會用一整個上午將自己所選修的課程全部上完，下午就悠閒度過。

然後，一個月一眨眼就過去了。

漢密斯看著儘管有擅長的科目、棘手的科目、完全不懂的科目，每天仍然不翹課穩定把課程上完的奇諾，突然冒出這個問題：

「為什麼會發展成這套系統啊？」

奇諾回答：

「這個問題，我正好明天打算問。」

「喔？問誰？」

「問這個『學校』的老師。聽說一個月會有一次面試。這是第一次。」

「哦～！因為很有趣請把我放上卡車載過去！我會不說話的！」

「我是沒關係，不過對方會怎麼想……」

「沒什麼吧，只要硬說我是監護者就行啦！」

「『者』？不是『車』嗎？」

「哪一個都一樣嘛！」

「問我為什麼會發展成這套系統啊……」

「沒錯，我就是因為想知道這個才進入這個國家的！如果您不告訴我，我就不能出境了！來吧，請教教我！」

「N之國」
—N—

「啊～漢密斯剛才說的那些話，請不要在意。」
「剛剛那段模仿，還滿像的哦。」
「是這樣的嗎？——漢密斯，算我拜託你安靜一段時間吧。」
「真拿妳沒辦法啊。」
在寫有「面試室」字樣的房間裡，奇諾與漢密斯，跟一名中年女性面對面坐著。
這是一處有觀賞植物擺飾、看似飯店大廳般的寧靜空間，椅子也是超厚坐墊的沙發，坐下去可以非常放鬆。在大窗子外面，天色略陰，雪靜靜的堆積著。
「這套系統的發展，差不多是二十年以前的事了。」
奇諾的級任教師以平靜的口吻開始述說著。
「說到在這之前的學校教育，就是一個將許多學生聚集在一個大學校裡，讓他們在規定的時間一齊上課的體制。對於這點，應該不需要說明吧？」
「是的，幾乎在所有的國家都是這樣的。」
「不過，這也是一個隱含幾項大問題的體制。首先，因為時間受到限制，十幾歲的年輕人無法隨心所欲做想做的事。舉例來說，一位喜歡星空並且認為每晚仰望天空找尋新的星星讓人生有意義的學生，對於為了準備早上開始的課業而不得不在夜晚就寢這件事應該會很痛苦。對喜歡花上幾天時間將山走過一遍的學生而言，每天不得不去學校這件事，應該會很難受吧。也有學生是為了釣魚而希望運用早上時間的。」

「原來如此。」

「再來，對大量學生進行總合式的教育，是個看起來有效率，但浪費之處很多的體制。因為每一個學生的學習熟練情形，不管在什麼時候都是有差異的。如果任憑老師與時間的方便持續教下去，跟不上的人就會被捨棄，已經懂的人則是在浪費時間。另外，只因為沒聽一堂課程就被放置不管的可能性也是存在的。」

「說的也是。」

「而且最重要的是，大量學生聚集在一起本身就是問題。將正值敏感時期的年輕人關進一個地方，驅使他們採取相同行動，這不代表一定會產生良好的結果，反而弊害那一面會愈來愈嚴重。無法保證所有的學生們一定會彼此互敬互愛，此時所發生的爭端，還會進一步產生打架或霸凌之類的衝突事件。跟感情不見得好的人們一起學習，真的會很有效率嗎？我以前就無法這麼認為。」

「N之國」
—N—

「老師那時候，還不是這套系統吧？」

「我剛從學校畢業的時候，這套系統就以試辦的形式引進來了。後來它的效果得到認可，就循序替換掉既有的體制。如果有人提出申請的話舊體制應該會殘留下來，但就結果來說，沒有殘留。」

「原來如此。」

「我一直認為，再過幾年，會有人說這套系統的啟用如果能更早一點就好了。因為我也不習慣學校，以前一直覺得為什麼一定要在那麼靜不下來的空間裡學習呢。」

奇諾對苦笑的老師問道：

「可以再問一個問題嗎？」

老師雖然朝手錶瞥了一眼，不過還是——

「那就只能再問一個問題。」

如此表達許可。

「我想去學校可以交到同年齡的好朋友，也可以一起玩；不過在這個國家會怎麼樣呢？比方說同年齡的交友關係會變得完全無法發展之類的？」

「這是非常好的問題，打兩個同心圈圈吧。」

「奇諾！太棒了！」

「那麼答案是？」

面對追問的奇諾，老師這回非常開懷的笑著說：

「年輕人，不論以前或現在，都是自由的啊。」

在奇諾回到每天學習的日子後幾天——

電腦螢幕中，出現一個從未看過的圖像符號，她點選了那個。

『一起來用功吧！』

就出現這樣的文字。

她瀏覽了接著送過來的電子郵件，看樣子是修同一門課程的學生們邀請，問她要不要加入可以就彼此不懂的地方互相切磋的網路群組。

「N之國」

—N—

「該怎麼辦才好呢……」
聽見奇諾喃喃自語的漢密斯，以輕快的口氣如此回答：
「沒什麼不好啊～？」
這之後奇諾就會不定時的於互相切磋群組中用訊息交談。擅長的領域就教人家，棘手的領域就被人教。
從那個群組的幾名連臉都沒看過的學生開始，奇諾認識的人脈愈來愈廣，在用功過程的閒聊中，進行了各種各樣的交談。
奇諾在對自己是旅行者這件事保密的同時，還是傳述了有關自然、以及有關說服者的事。
在希望讓大家知道自己的事、以及連隱私的事都告訴大家的學生們當中。
『不好意思，這是祕密，敬請自由想像。』
貫徹祕密主義的奇諾反而成為注目焦點，加入群組的學生數量也一點一點增加。
「不論以前或現在，都是自由的吧？」
在第二次的面談中，老師這麼說。
「我非常清楚明白了！」

雖然漢密斯代替奇諾說話了，不過奇諾沒有訂正。

又過了好幾天——

『喂！一起見個面吧！』

『奇諾明明有那麼多知識，卻也有完全不知道的事，我想知道是什麼樣的人啊！』

『我也是我也是！』

『在害羞我知道！不過，我也是這樣的！』

『見了面絕對會很開心的！只會用功才不是年輕人！』

奇諾房間的螢幕上，並列著許多邀請文字。

「…………」

奇諾默默的關掉電腦的電源。

窗外的雪已完全消融。

奇諾伸手取下了先前一直掛在牆上的防風眼鏡。

第四話

# 「不許讀書之國」

—Read or Lie—

# 「不許讀書之國」
## —Read or Lie—

「那麼旅行者，請在出境前說明對我國的感想。請一定要毫無顧忌的表達意見。所有意見都會整理起來向國王報告，用來打造更好的國家。」

「我明白了。」

「奇諾，妳要跟人家說啊。就是食物很好吃，只不過每樣都有點燙，難道這個國家都沒有冰的食物嗎？」

「這也是我想說的……不過我最驚訝的是，每位國民都讀了非常多的書，到處都是在閱讀的人，書店與圖書館的數量也很多——」

「差點就撞到了邊走邊讀書的人！」

「那讓我嚇到全身發冷。」

「應該要禁止『邊走邊讀書』！現在因為這國家沒有自用車還沒關係，等到將來國民會駕駛車輛的時候可是會連續發生非常不得了的交通事故哦？」

「啊哈哈，謝謝你們非常寶貴的意見。大家第一個指出來的果然還是國民對書的喜好呢。」

「如果可以的話，希望能告訴我們讀書之所以如此盛行的歷史。先前我一問，每個人都講得很模糊就是不肯告訴我。」

「沒錯沒錯，每個人都逃走了。」

「這個嘛……因為奇諾與漢密斯在法律上已視同出境，告訴你們也沒關係吧……只不過，請你們別太對外面的人張揚啊。」

「我明白了。」

「知道了。」

「其實在我國，讀書是違法的。王國刑法第一百九十一條，清楚明文規定：『禁止任何人閱讀書籍，或寫有文章之紙』，也就是讀書禁止法，簡稱讀禁法。」

「什……？」「什麼？」

「所以，奇諾你們所見到的居民們，簡單來說正在從事『違法行為』，面對底細不明的旅行者如此發問，果然還是難以回答。」

「原來如此……那麼，為什麼？」

「沒錯沒錯，明明違法為什麼還堂堂正正的作？而且不會被取締嗎？話說回來為什麼會違法呢？」

「我來照順序說明吧。不久之前，在我還是小孩子的時候，大概三十年前——這個國家的居民中討厭讀書的人很多，他們完全不會去看書。讀書在當時，甚至被視為『變態才有的興趣』。」

「滿意外的。」

「嚇到我了。」

「其理由，是來自於前任國王的政策。現任國王的父親是——」

「我知道！是討厭讀書的人！」

「漢密斯，要發言請等人家把話說完。」

「啊哈哈，不過很可惜！答錯了。前任國王陛下是位非常喜歡讀書的人，因為他每天都會讀好幾本書，甚至有傳言，這個國家已經沒有他沒讀過的書了。」

「哎呀？」

「當然，他希望推廣讀書的樂趣，也啟蒙教導國民去看書——」

「我知道！被當成是強迫了！」

「漢密斯，要發言——」

「怎麼樣？」

「正確答案！前任國王陛下雖然認為：『因為自己喜歡國民應該也會喜歡，因為自己快樂國民應該也會快樂』，但遺憾的是當時的國民並沒有那麼喜歡讀書。而被強迫讀書的國民可能是在反抗吧，就幾乎所有人都變得討厭讀書了。」

「太好了！」

「原來如此。」

「尤其孩子們討厭讀書的心情是很深刻的。學校老師跟父母親一旦命令：『快讀！』，那當然會有所反抗的。何況連那些大人們都不怎麼讀書了。」

「原來如此。」

「我懂我懂，大概懂。」

「講這麼好聽的我其實以前也一樣，對學校的讀書時間已經是討厭討厭到不行。如果有人制定幾日以前要讀幾頁、要好好寫感想文之類的標準，這種事情根本就不可能會讓人快樂。」

「所以，現在的國王就反其道而行了嗎。」

「說的沒錯，奇諾。現任國王陛下也喜歡讀書，但他注意到強迫不好，於是用了一個奇策，那就是用法律去禁止人看書。結果發生了什麼事呢？原本喜歡的人就算被禁止還是會偷偷繼續讀；不喜歡的人會猜想『既然特意禁止，說不定那是一種很有魅力的行動』，手就往書伸過去了。」

「原來如此～」

「其結果是，許多人開始『自發性的』從事讀書這種『違法行為』，在察覺到其中樂趣後，就變成各位看到的樣子，直到今天。我也是那種在青春期遇上了禁止條款，結果就開始偷讀的人呢。哎呀，那時候的我真年輕。」

「原來如此，我非常清楚明白了。真是位精明的國王。」

「真的真的。不過這應該還是違法吧？你們不取締的嗎？另外，我想知道罰則是什麼。」

「我們會取締啊？另外，我們也有罰則。」

「哦？是什麼？」

「警察即使在百忙中也很努力，他們會找出屢次違反讀禁法的人，並將前十名的姓名與相貌以

『本月破壞法律次數最多者』的名義對外公布；同時，『這次犯罪的心得感想』也會刊登在報紙上。」

「那不就是已讀頁數排行榜月刊的發表，以及讀書感想文的刊登嗎？」

# 第五話
# 「客滿電車疾駛之國」
## —No Pain, No Gain—

# 第五話「客滿電車疾駛之國」

—No Pain, No Gain—

這是在某個國家所發生的事。

在晴朗的冬日早晨的清爽空氣中，奇諾與漢密斯於田園地區行駛，即將要接近平交道。

這個國家為了能有效運輸住在廣大國土內的人們，鐵路網非常發達。所有路線均電氣化，以供電車行駛於其上。

位於行進方向前方的平交道，發出噹噹噹的聲響，紅色燈光不停閃爍。

「哎呀。」

奇諾讓漢密斯在平交道前停下，為了節省燃料而熄掉引擎。沒多久，上面漆有黃黑顏色的柵欄放了下來。

正當奇諾跨坐在漢密斯上面等待的時候。

「哎呀，是旅行者啊。早安，歡迎來到我國。」

後方來了一輛車停在她旁邊，一名身穿西裝的中年男子，從位於車內左側的駕駛座向她搭話。

因為寒冷，車窗只開了一條縫。

「早安。」

「你好～」

在奇諾與漢密斯招呼回應時，電車跟尖銳的警笛聲一起過來了。

只見它在迅速前進的同時愈來愈大，不一會兒就從左至右，伴隨車輪軋過鐵軌連接處所發出的聲響，瞬間通過兩人及兩輛車前方。

那輛電車裡頭擠滿了人。

從所有可稱為窗子的窗子往車內看，彷彿讓人以為是不是為了要挑戰紀錄而勉強把人塞滿整輛列車一樣，除了人以外什麼都看不到。

每個人都各自以不自然的身體姿勢被塞進電車裡，整張臉都貼在起霧的窗玻璃上，對奇諾與漢密斯露出似乎很痛苦的表情。所有人都穿西裝，雖然幾乎都是男性，但也有僅供女性搭乘的車廂。

合計六節的車廂全都載滿了人，即使現在也似乎要從裡頭整個爆出來。大量的人被塞進狹小的

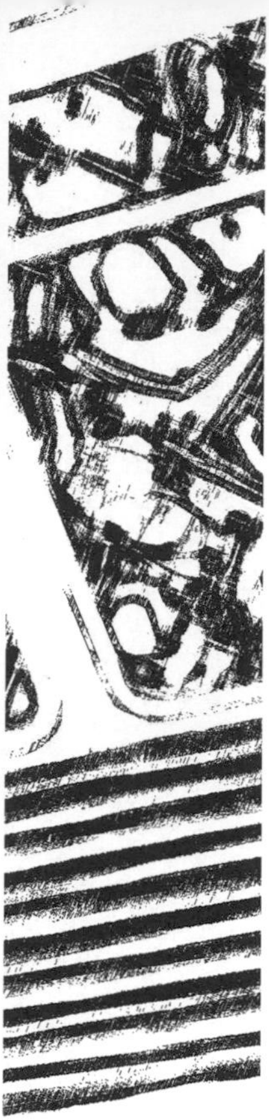

「客滿電車疾駛之國」
—No Pain, No Gain—

車廂，就在奇諾他們眼前被急速送走了。

「哇啊好悲慘喔——不對，好厲害喔。」

「是客滿了。」

漢密斯與奇諾說。

客滿電車通過之後，警報聲依然持續響著，柵欄也沒有升上去。

男子如此告訴他們：

「啊，後面還有一輛車要來，之後從相反方向也會有一輛過來，再來還會有車接著來啊。因為這段時間不管從哪一個方向來的通勤乘客都很多，就慢慢等吧。」

數十秒之後。

下一班電車沿著與剛才那輛電車相同的方向一路駛來——

「哎呀？」

「嗯？」

漢密斯與奇諾發出驚訝的叫聲。

雖然車廂外型跟剛才那輛完全一樣，裡面卻是不同的。

所有搭乘的人們都是坐著，有人一臉不在乎的看報紙，有人用杯子在喝什麼東西。看起來非常

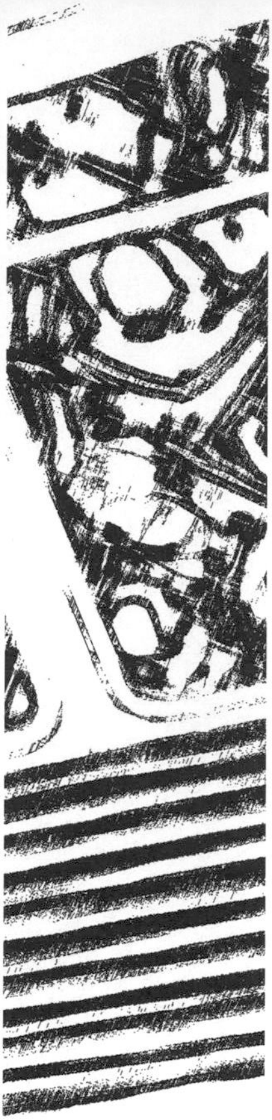



和平，甚至還有人在打盹。

因為沒有人站著，可以直接透過車廂左右的兩片窗玻璃，清楚望見電車另一側有著翠綠森林與草原的風景。

所有的車廂在持續著那樣的光景後，沒多久就遠離而去。然後正如男子所言，柵欄還是沒有升上去。

奇諾轉頭面向男子說：

「抱歉，請讓我問一個問題。剛才的電車，明明行駛方向相同，裡頭的景況卻有很大不同，這是為什麼呢？」

「沒錯沒錯，我也想知道這個。」

男子對奇諾與漢密斯露出笑容回答：

「後面來的那輛，就是很普通的電車啊。大家都是那樣坐著，悠閒通勤或上學的。畢竟在這個國家，有『電車於鐵路行進時，搭乘人數不得在座椅數以上』的法律啊；所以不能坐的車廂，是絕對不會有的。」

才剛回答完，從相反方向就來了一輛電車。

果然這輛電車也是所有人都坐在座椅上，顯得既悠閒又放鬆。奇諾與漢密斯則是保持沉默地目送電車駛離。

柵欄還是沒有升上去。

「這麼說來……一開始通過的那輛超客滿電車是？」

「沒錯沒錯，那輛是？」

「啊啊，那輛是『監獄電車』啦。」

「監獄電車，是什麼？」

「那是什麼？」

「顧名思義，就是由監獄開出來行進的電車啊。」

「是為了要移送囚犯嗎？」

「不對不是這樣的。移動並不是手段，而是目的。為了對素行不良的囚犯與重刑犯施加嚴厲的處罰，會讓他們穿上拘束的西裝、在車廂內擠到快要生不如死的程度再隨著電車疾駛。每天早晚共二次，最少也要一個小時。」

「…………」

「嗚咿。」

「客滿電車帶給人的心理壓力是非常高的。就算是反骨精神充斥的囚犯們，只要讓他們每天搭那個，好像就會馬上乖了。如果可以不用搭那種車，獄卒說什麼他們都會乖乖聽話呢。據說這方案在四年前被採用，還相當有效果。」

再下一輛，是普通的電車過來，在奇諾他們前面通過。

有個明明有可以坐的座椅卻刻意不坐，透過大大的窗子向外眺望的孩子朝這邊大大的揮手。奇諾也向他揮手。

聽著柵欄升上去的馬達聲，奇諾發問了：

「最後可以再問一個問題嗎？這個監獄電車的靈感，到底是從哪裡冒出來的呢？」

結果男子給了最後的回答：

「似乎是某個旅行者在這個國家探訪時告訴我們的：『在我自己的故鄉中，最難受痛苦，已經

不想再去作第二次的行為嗎？那當然是以前上班時每天都要搭客滿電車這件事啦！』，他是這麼說的。」

## 第六話

# 「消失之國」

*—What's Happened?—*

# 第六話「消失之國」

## —What's Happened?—

阿卡西亞月　二十日

因為「特殊任務紀錄股」的指示，我寫了這篇文章。

雖然煩惱過到底該從哪裡開始寫才好，不過我作了理所當然的結論，總之就照時間順序，然後儘可能的只將簡潔的事實寫出來。

我是路卡上等兵。

國防軍的經歷從徵兵入伍開始持續至今只有四年，是個才二十二歲的年輕人，本來的任務是聯絡業務，平常就是製作並解讀任務文件。

僅在訓練期間有過說服者的射擊經驗，大致說來對武力方面的事並不擅長。

不過，因為能用美麗文字留下紀錄的特長被長官看上而調單位到這裡，我要滿懷喜悅，全力在任務上衝刺。

本日早上，〇六時三十二分，我來到城牆外。

日出剛過，城牆的影子往河川方向長長延伸。阿卡西亞月風格的空氣，非常晴朗又寒冷，吐氣是白色的。還要經過一段時間，春天才會到來。

我現在所搭乘的裝甲艇（以下簡稱「船」），全長十五公尺，全寬不到四公尺，是艘船首配備可當戰車主砲使用之三十公分砲塔的武裝船。

雖然速度沒那麼快，不過燃料槽非常大，可長距離航行。

船員一共五名。

因為不知道揭露名字好不好，我將各員姓名另記於附件上，此處僅記下職稱、階級與年齡。亦即——

艇長（中尉，三十二歲），本部隊的隊長，特殊部隊出身的猛將。

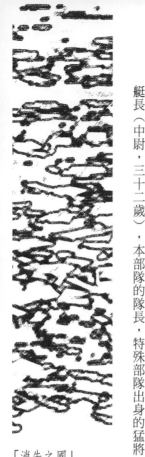

舵手（士官長．四十五歲），雖然年長但曾為漁夫，操控技術是很紮實的。

輪機員（上士．三十歲），不只負責引擎與船的整備，連買菜作飯也都包辦。

砲手（中士．二十六歲），比我稍稍年長，但已掛有上級射手的徽章。

再來就是我（上等兵．二十二歲），是個寫出來會被笑，就跟圖畫裡頭畫的一樣的小基層，沒辦法。在船中，我承辦一切雜務，也就是洗衣、清潔、汲水、倒茶小弟。

另外還有一個交付給我的任務。

「好冷啊，奇諾。」

「我從以前就有疑問了，漢密斯跟冷有關係嗎？」

「有啊！機油黏度對引擎來說可是非常重要的喔？」

「原來如此。」

就是監視正在眼前悠閒交談的一輛摩托車跟一名旅行者。

旅行者名叫奇諾。

摩托車名叫漢密斯。

＊　＊　＊

這艘船之所以乘載少數人員及外地來的旅行者，其出航的經過，我要記錄在此處。

我所熱愛的故鄉，是一個面向巨大湖泊，境內包含大河的國家。

不論何處都是廣闊草原的大地，平坦且美麗；位於遠方的高聳城牆描繪出廣大的圓，包含我在內的數萬人民，遵守嚴格的規定，和平的居住在這裡。

在國家東邊，有一座很大很大的湖，是個完全看不到盡頭的湖泊。

昔日因為實在太大的緣故，似乎就被認為是這世界所謂的「海」。根據記載，直到遠方來的商人告知，以海的標準來說其鹽分濃度太低，才確認是湖。

注入這座湖的巨大河川有一條，貫穿我國境內，這條寬度有一百公尺以上的河川從西邊城門穿過，流經並灌溉國內，最後在東邊城門與湖聯繫。

而這條河川，是通往「另一個我國」的要道。

沿著這條河川向西溯流而上，差不多三百公里。

在該處也有我國的領土。

它被大量針葉樹林圍繞，一座小城牆環繞著它。

雖然是所謂的「飛地」，不過當然是實實在在的領土。我們將比較大塊的稱為「本土」，位於西邊這塊小國土則直接叫它「西領土」。

西領土是基於木材的砍伐生產需要而開拓出來的。

在本土附近，受到從湖吹來含鹽陣風的影響，高大的樹木無法生長。

為了取得可供燃料及木材使用的樹木，祖先溯河而上來到有林木的場所，將其採伐回來。

在鄰近的林木砍伐殆盡後，他們又前往更上游。因為愈往上游走，愈適宜高大粗壯的林木生長。

他們抵達的地點就是西領土。再往盡頭走就會開始進入險峻山岳地區，河川也會變為激流，已經無法再溯河而上。

在西領土內，居住了定期被派遣過來的數千民眾，他們將周圍的樹木砍倒待乾燥，生產大量的木材；並在砍伐過後的大地上，種植復育新的樹木。

至於將木材運往本土的方法，簡單得令人吃驚。

只要簡單的投入河中放流就行了。甚至連船夫都不需要。

就只是將其繫成木筏放水流，平緩且幾乎筆直的河流就會運送林木，沒多久就會抵達本土。

會有人在本土將它們撈上岸，作進一步的利用。

這套連綿不斷的生產體制突然崩潰，是在阿卡西亞月一日，也就是十九天前的事。

冬天是每天會有一百根以上木材流下抵達的繁忙時期。然而，有一整天，卻連一根都沒有流下來。

如果只有一整天的話，大家或許會認為這樣的事多少也是有可能發生的。

可是，連第二天與第三天，最後是持續整整五天都發生這樣的事，就只能認定是異常事件了。

實際上，至今未曾發生過這樣的事情。

在我國，還沒有與三百公里外遠方通訊的手段。

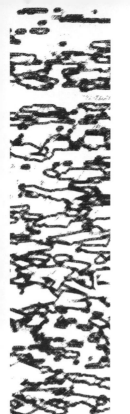

到了第六天，政府派出聯絡專員。一名公務員與兩名護衛士兵前往上游。這趟任務為了追求迅速性，用上了小型的高速艇。

即使因為夜晚危險而停泊，以高速艇的速度，第二天中午就應該抵達了才對，最多過五天就應該回來了才對。

在七天後的第十三日。

在木材還是沒有流下來的情況下，他們回來了。

高速艇沾滿了血跡。公務員與一名士兵全身上下都流著血，斷氣了。從傷口看起來，是被鈍刀或者是被動物的爪子割的。

只有一名士兵，在全身上下也有切割傷口的情況下勉強活下來。雖然他死命耗盡氣力操縱高速艇回來，但誰看了都愛莫能助，實際上他在送到醫院前也斷了氣。

「……是恐怖……除了恐怖以外……、什麼也、不是的……、恐怖……」

他最後留下這樣的遺言。

事情到了這個地步，只能認定是國家的非常事件了。

國家對軍隊下達總動員令，訂立前往西領土的計畫。所有的船，以及能派出去的士兵全都投進去了。

不過，準備作業需要花上幾天，而且狀況未明也不能貿然投入全軍。

這時候一支少數人的偵察部隊就被選拔出來，也就是我們。

我們負責偵察狀況，並以最快速度回報本土。

然後——旅行者就這麼跟我們同行了。

名叫奇諾的旅行者，跟名叫漢密斯的摩托車，是在第十八日早上入境我國的。

他們從南邊的道路行駛入境，預定第二十日出境。

很驚訝有人會在這個國家的非常時期為了觀光旅遊而入境。坦白說我曾經認為，入境之類的明明可以拒絕掉就好了。

不過軍方高層想到了活用這個旅行者的方法。

首先，摩托車似乎具有優於人類的視覺與聽力。而旅行者有很多基於守護自身的理由，對武力方面很擅長。

既然這樣，就訂立讓偵查隊載他們行動的計畫了。

因為西領土的盡頭有道路，所以向旅行者提議利用我們作為渡船抵達當地，交換條件是為我們執行「沒什麼了不起」的護衛任務。當然，沒必要把國內發生的事全都告訴對方。

雖然這是在出發前從艇長那邊聽到的事，不過奇諾好像回答了兩句，就爽快同意與我們同行至西領土了。

* * *

就寢前寫下這段文字。二〇時三十四分。

這一天，船一直行進至傍晚，移動距離約一百三十公里。對於兼顧安全考量的行進而言，這樣子應該算剛剛好。

除了木材沒有流下來以外，沒有任何異常。

景色也一直沒變過。河川左右的草原廣闊，大地則是茶褐色的。因為對我而言是初次見識的風景，不知不覺就差點把任務忘掉了。

奇諾除了偶爾會跟漢密斯與艇長交談幾句以外，就是手裡拿著步槍，一直在船頭看守著。目前看來，對方似乎是有打算受人之託就忠人之事。

奇諾一直拿在手裡的自動連發式步槍，比我國的軍用物品還要高性能太多。老實說我很羨慕，但也沒辦法硬要人家給。

在太陽西沉以前，我們將船靠在河畔，下了錨。為了以防萬一，我們將偽裝網蓋在整艘船上，從遠方看過來就不會太顯眼。

接著我們分工進行警戒與整備作業，然後準備晚餐，輪流吃飯。

雖說因為是冬天所以理所當然，但天氣一直很好，明天跟後天應該也是這種天氣吧。

在今天仰望的無月天空中，群星像是發狂一般閃爍著光輝，真美麗的景色。國內雖然也看得見星星，但因為有城牆的關係，在比較低的位置就見不著它們了。

在這裡，有三百六十度皆一覽無遺的地平線，以及彩繪於其上的廣闊星海。

真的很美麗。

「很美好的景色啊。不過，可別鬆懈了，要切實把自己能作的事作好。」

從如此出聲叫喚的艇長以下，我們的意志昂揚又高亢。

一定要順利達成這項任務給大家看。

＊　＊　＊

阿卡西亞月　二十一日

夜晚，現在是一九時二十四分。雖然在今天的停泊地點寫下這段文字，坦白說，現在還是很混亂，手一直在抖，重寫了好幾次，到底是什麼狀況，到底是什麼狀況。

可是，今天發生過的事非記錄下來不可，這是我的任務。

要冷靜，要冷靜。

今天早上，我們一到黎明就共同行動，出發時間是〇七時〇四分。

我們在船上輪流吃飯，輪班掌舵。

我也被要求在河道比較寬的場所，執行操船作業。因為如果有什麼事發生，能夠搞定船的人就算多一個也好。

雖然是重要的任務，不過這卻是個在某種平穩的氣氛中令人心情放鬆的白天——以時間來說是一一時〇九分，那東西流過來了。

第一個察覺到的，是固定在船頭的漢密斯：

「有什麼流過來囉，速度放慢比較好喔。」

聽到這些話的艇長坦率遵從，指示舵手減速，並抓起雙筒望遠鏡。

人類的眼睛還看不到那東西。大家先被緊張感包圍，結果在看到是木材時都放鬆下來了。

在遠方依稀能看得見的，是熟悉的木材群。我一不小心，還真以為只是西領土那邊放流得比較慢而已。

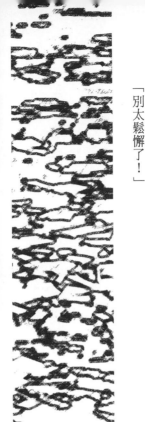

「別太鬆懈了！」

如果事先看透我們的艇長沒有這樣嚴肅放話，我可能還真的忘掉三名先遣隊成員已經死掉的事吧。

而在船與木材慢慢拉近距離的時候，我們難以置信地目睹它們的異常。

木材，失去了它們的形狀。

雖說是理所當然，不過木材通常是以粗壯的圓柱體狀態，直接繫成木筏流下來。因為加工是在本土進行的。

而這個時候流過我們眼前的木材，則全都是斷掉的。

直徑達六十公分的粗壯圓柱體整個折斷，還有碎裂的，而且無一倖免。

它們在河上安靜無聲的流下來，碰上了船體。一遍又一遍的鈍重聲響，都能聽得清清楚楚。

木材正是西領土的存在意義。

而且是我國生活不可欠缺的珍貴財產。

它們被殘忍破壞成這樣，像垃圾般的漂流到這裡。這種絕對不可能會發生的光景，就在我眼前上演了。

大家都不發一語，任憑時間靜靜流逝。

「簡直就像巨大野獸失控發狂了呢，奇諾。」

漢密斯的話語非常大聲的在我腦袋中響起。實際上在上游發生什麼事，我是不可能會知道；但我差點就想像出一頭連人類都能斬殺的巨大野獸，連忙搖了搖頭。

最後，幾百塊木材碎片——當中有幾片還碰撞過船，就這樣消失在下游了。

「大家神經繃緊點！今後加強警戒狀態！」

艇長的話語讓我們振奮起來。

西領土方面發生我們無法預期的異常狀態，至此已告明確。我們正是要去探尋真相的。為了要比誰都更早知道真相，冷靜判斷，並且傳達回去。

任務的重量，讓我的身體再度顫動。

然而，在不過一個小時以後，我們又看到了更恐怖的東西。

一二時一三分。

又是漢密斯第一個發現。這台機器確實如預期般管用。

它、不對、它們，順著河川流下來。

靜靜的流過來。這回就算碰上了船，也沒發出任何聲響。

是衣服。

是全國人民都會穿的青色民眾服。

也是我國團結之證明，國民之象徵。

包括我在內，幾乎所有孩子們都一樣，期盼能早日穿上它，就算在夢裡也憧憬不已的服裝。

這些衣服，襯衫褲子上下成對的，順著河川流下來。

幾十件、幾百件，當漂滿整條河面的它們，像一團顏色因為濡濕而變深的青色幽靈將船包圍的時候，我終於承受不住恐懼而發出慘叫聲。

我牙齒打顫作響，勉強抓住船身，好不容易才站起身來。

「所有人冷靜！——士官長停船！」

船逆流停在原處，艇長探身出去撿了幾件衣服上來。

這些衣服上面沒有破損或割裂的痕跡，還可以穿。而且沒有髒污。

艇長看著衣領上的名字。

雖然我們都知道姓名、國民編號、出生年月日、血型——凡是重要的個人資訊都一定會繡在衣領內側，不過因為奇諾與漢密斯並不知道，所以他們對此發問。

在艇長答覆後，奇諾又問道，這個國家的人，是不是將衣服丟棄了。

不可能會丟的。這衣服脫下的時候，就是不想當國民的時候。就算在火葬時，也是穿著這身衣服送進去的。

「原來如此……我很清楚了。果然，似乎是發生無法預期的事了。」

奇諾只說了這句話，便默默回去警戒四周。

在這段時間，衣服還是陸陸續續出現，並不斷往下游流去。

「到底、有多少……」

對砲手的喃喃自語，漢密斯如此回答：

「到目前有三百零三人份。不過，也該快流完了。全部差不多有五百套吧。」

結果正如其所言，衣服不再繼續流下來了。以時間來說，這是前後差不多經過了二十分鐘的事。

艇長在告知要將撿上來的衣服妥善保管後，簡短指示：

「前進了。」

一五時〇二分。

不行了、光想、手就、抖個、不停。

下一個、流過來的、在木材、與衣服、以後是。

啊啊、怎麼會、不要、啊。

可惡、可是、不寫不行。不回想起來、不行。

流過來的、是、頭髮。

被切下來的頭髮、綁成一束、流過、來。

雖然我也不例外，不過在我國，不論男女都儘可能不剪髮，將頭髮結成一束、或著是兩束過生活。

這是長久以來的傳統。

頭髮、一束一束的頭髮、流過來了。好多、好多、好多。

回想到這裡我還是很想吐，不過當時已經全部吐光了，現在胃裡已經沒有東西，我甚至覺得連胃酸都不剩了。即使如此，我的喉嚨深處還是有股酸味。

烏黑秀美的頭髮，是屬於西領土國民的東西，不會有錯。

以紮在一起的部位為中心，頭髮在水面上散成扇形漂浮著。一束一束，搖來晃去的漂浮著。

根據漢密斯的說法，髮束有數千個。雖然不知道正確數量，但有二千以上、未滿四千個。

這不就幾乎等於是西領土的所有居民數了嗎！

不可能！

我很想這麼怒吼出來。

可是，在親眼目睹了甚至多到讓河面都快染成一片黑的頭髮以後，我只好去相信了。

在頭髮全數流走以後，船靠岸停泊。

艇長、舵手、輪機員與砲手，還有——總之就是跟除了只會嘔吐跟發抖，簡直完全派不上用場的我以外的人，討論今後的行動。

因為艇長說全員無須顧忌儘管陳述意見，舵手先說聲「請恕我僭越」後，繼續說：

「既然已經十分明白，有恐怖的異常事件發生，我建議立刻回本土提出報告。」

輪機員完全同意這個意見，並說雖然這代表放棄任務，但這算是現場的判斷應該不會受到責難。

反對的人是砲手，他說我們本來的任務是偵察，就必須要繼續前進；而且如果有必要，不論什麼事就算是戰鬥也都該去作。

看得出來，他不管對手是誰，不對，不管對手是「什麼」，都熱切盼望為西領土的人復仇而戰鬥；看得出來他不容許自己一槍未開，就此撤退。

我的話，就算有人徵求意見，應該也會這麼回答吧：聽從隊長兼艇長的判斷。

只是，坦白寫在這裡，我非常想撤退。

艇長在最後問了旁觀者的意見。

也就是另一個人，奇諾的意見。

奇諾說：

「如果隊長先生決定回去，我也只好回去。只是，說真心話，因為這前面的旅程會很有趣，即使需要十分警戒，我還是想向前進。何況——」

何況？艇長脫口而出。

「我內心也期盼用這雙眼，去確認實際上發生了什麼事。如果連外地人的我都這麼想，我也很明白隊長先生的心情。」

艇長作出決定。

他決定不放棄本來的任務。

他指示我們今晚要加倍警戒，明天就要抵達西領土。

今晚，原本是一個人輪班二小時的站哨，改為二個人執行。奇諾也說要加入站哨的勤務，漢密斯也說，就完全不睡了。

我在寫完這篇後，也要去執行第一次站哨了。

下次留下紀錄的時間，應該是明天晚上了。

我會在那裡，看到什麼呢？

好可怕。

真的真的，好可怕。

「是恐怖。」

留下這個遺言就死去的那位同胞，到底看到了什麼呢？

我明天會看到什麼呢？

然後，我又會寫下什麼呢？

如果，我還活著的話。

阿卡西亞月　八日

說真的，我沒想過隔了五年還可以繼續寫下去。

其實這本筆記還留存到現在就讓我大吃一驚。

當時的、還有稍後的混亂日子讓它不曉得被丟到哪邊去；而且我也覺得已經沒必要就沒再去找了。

前幾天，不知道是誰在物資倉庫裡發現這本已經開始朽壞的筆記，送來我這邊。

因為除了自己的名字以外都是用密碼書寫，所以內容應該是無法閱讀吧。想不到這本羅列了一堆意義不明文章的筆記會歸還給我，看來這世上也是有溫柔的人存在。

拜此之賜，我也能像這樣繼續寫下去。

那之後過了五年。

發生了許許多多的事，是我人生中最重大、最激動、也最有價值的五年時光。

雖然不知道能不能好好整理，不過我想簡潔記錄發生了什麼事。

雖然這已經不是任務了。

五年前的阿卡西亞月二十二日。

我跟艇長以下的軍人們，還有旅行者奇諾與漢密斯，以「西領土」為目的地向前進。為了用這雙眼去確認到底發生了什麼事。

然後在那一天上午，繃緊神經的我們抵達西領土。

那裡是一處周圍被高聳林木環繞的森林地帶，以木材及磚瓦打造的城牆四處延伸。城牆甚至蓋到了河川上面，看起來就像水壩或橋一樣。

而在城牆上，可以看到長髮的伙伴正笑著揮手。

當時，以艇長為首的所有人那發愣的表情，現在一回想還是會笑出聲來。我想自己的表情，應該也是相當呆滯的吧。這也沒辦法。

「看樣子，應該沒什麼特別異常。」

奇諾說。雖然她仍緊緊抓著步槍，不過瞄準的方向已經往上空偏了。

「是沒錯……可是……這是怎麼回事……？」

艇長困惑的回答。

「我也不知道。只是，在他們告知情況以前，還是不能大意比較好。」

「的確沒錯……」

艇長讓船緩緩前進。

從城牆上，陸續傳來歡迎聲。而位於河川上的城門，則平順地開啟了。

船就這麼進入其中。

一進城門，就是供船停靠、將木材放流的港口。

眼前所見沒有異常，數十個伙伴們就在那裡工作著。而且他們身上也理所當然的穿著那套青色服裝，還搖曳著長髮。

船一靠上棧橋——

「歡迎來到西領土！我是守備隊的××××上尉。」

就有一位長官，向艇長敬禮並露出笑容。

他的名字在此也略過不表。上尉繼續說：

「很驚訝是裝甲艇過來。以定期聯絡船的標準來說，還滿誇張的。是出什麼事了？」

艇長在做完自我介紹後，發問了：

「上尉閣下，這到底是怎麼一回事？我們是因為運送至本土的木材晚到，又得知稍後派遣過來的聯絡專員死亡的事，因此身負偵察任務來到這裡。而在前幾天，我們看到了損壞的木材、大量的衣服，更恐怖的是，連大量毛髮都漂流下來了。實在是難以置信的狀況，到底發生了什麼事？」

「什麼……？各位是不是作了什麼白日夢啊……？我們先前已經派出傳令說明因為木材製造裝置故障暫停出貨，而且破損的木材或衣服，也不知道你在講些什麼……更不用說，什麼頭髮？」

上尉歪著頭表達不解，我們則露出難以置信的表情。

「可是，我們有無可動搖的證據！」

艇長如此說著，打算回到船內。

當然，是為了要將撿上來的衣服拿給上尉看。

「不用去了，沒必要這麼作——動手。」

在上尉一聲令下，我們被說服者同時瞄準。

在那裡的所有士兵，以及身穿青色服裝的一般民眾都舉著步槍對準我們，大聲喝斥不准動。

唯一作出反擊嘗試的人就是砲手。雖然他沒有特別鎖定目標，想先朝某處開砲再說，不過在這之前就被擊中了。

因為他一直受到警戒，有狙擊兵擊中了他。

射出的子彈貫穿砲手的手臂，讓後者發出慘叫聲。他還來不及用自豪的大砲開火，就當場倒地，發出呻吟。

「我們沒有殺人的意思！所有人投降！死在這種地方沒意義！我們已經不想再殺同胞了！不想再殺了！」

在上尉不輸給槍聲的叫喊下，艇長坦率舉起雙手，對部下們說就遵從對方的要求，也向對方要求治療砲手並獲得同意。

所有人都被解除武裝，手被反綁在棧橋上並被要求坐下，只有砲手被抬上擔架送走。

就在騷動平息下來的時候。

「我們請求入境許可，這是我的伙伴漢密斯。」

奇諾以毫不緊張的語氣開口說話。

正當我心想明明已經入境我國，這是不是某種笑話的時候，上尉露出笑容回答奇諾：

「喔！這應該就是來到我國的第一位旅行者了！歡迎光臨！歡迎來到自由的國度！」

被囚禁的我們被要求在「西領土」當中步行，然後我們看到了。

居民們沒有任何人身穿青色服裝。

居民們沒有任何人留著長長頭髮。

居民們沒有任何人被鞭子揮打。

居民們沒有任何人向貼在家中的領導人肖像低頭鞠躬。

居民們沒有任何人頸子被吊起來以示懲戒。

我們被帶到位於國家中央的本部房間內，手上的拘束被解開，聽聞了這樣的事：「西領土」已被「解放」，將以新國家的地位開始向前邁步。

自稱上尉的男子，一面摘下假髮一面說：

「我們已經是自由的。自由的。自由的了！」

如果是現在寫這篇文章的我，當然很明白上尉為何在笑的時候，眼眶含著淚水。

可是，那時候的我是真的不明白、不能理解、也完全不知道。

我所生長的國家，其實是個獨裁者以「恐怖」統治民眾的國家。

這個命令所有人都要穿同樣衣服，留同樣髮型的國家，其實一點也不「普通」。

這個只要對偉大領導人與其家族表露疑問，就會整個家族都被親衛隊逮捕，在肅清的名義下於城鎮中被處以吊頸之刑，屍首就這麼成為鳥類食糧的國家，其實一點也不正常。

「西領土」的人們知道了這些事。

因為翻過西方山脈而來的商人們，私下傳達正確的資訊：這個世界上絕大部分的國家，都不會施行那樣的恐怖政治。

商人們所帶來的「知識」讓民眾行動起來，而「新型說服者」與「通訊裝置」則壓倒了親衛隊的力量。

而就算在那個時間點，他們還是一直透過進口取得武器，持續為「萬一」本土出動大量軍隊攻過來時依然得以固守而作準備。他們最終的目標是解放「本土」，以及讓全祖國自由。

那時候，奇諾與漢密斯一面聽著自稱上尉的男子說明，一面如此對話：

「那些商人們其實很有勇氣呢！奇諾。」

「的確……假如事情曝光的話，說不定連自己都有可能被殺。不過，他們應該認為就將來而言這樣作比較有商機吧。如果這個場所能夠成為貿易據點，這個區域的移動難度就會大幅減輕。」

「其實滿向錢看的耶，奇諾也見習一下吧？」

聽到這裡就算是我也明白了，而且是明白到不能再明白。

偶然入境的旅行者與商人們，對國家施行恐怖政治的事要保持沉默，否則會受到生命威脅。

奇諾與漢密斯，其實對有關「西領土」解放的事，在衣服與頭髮流下來的時候就大致預料到了。

而他們其實並不僅僅保持沉默——而是以若無其事的表情，發言誘導艇長讓船前進，並在抵達時發言誘導大家入境聽對方說話。

曾經監視他們的我如果更聰明一點，是否能察覺到奇諾的意圖呢？是否可以在當時，就讓船折返呢？

單從結果來看，當時的我的任務是以大失敗告終，而現在的我是很滿意的。

我們被要求選擇要追隨新國家，還是向「本土」誓以忠誠進入牢房。這當中並無強制。

至於我們選擇哪一條路，應該就不用寫在這裡了吧。順帶一提，我們之中第一個作出選擇的人，是被擊中的砲手。他曾經因為肅清的緣故，失去了戀人一家。

四年前，新國家對「本土」發動了解放戰爭。

我們讓大多數國民覺醒，打倒獨裁者家族，成功終結恐怖政治。

在最後的階段發生了戰鬥，所流的血絕不會少——不過鬥爭是以我們期盼的形式結束了。

我，不對，以艇長為首的當時伙伴們，全都可以跟家人再度團聚了。

如今這個國家，正以在湖畔及西邊均擁有領土的新國家地位，日日建構新的歷史。

正如商人們的算計，二塊領土均以物流據點的地位得到周邊國家的重視，人與物資的往來每年都有增長。

雖然我還不知道什麼是「普通國家」，不過如今這個國家，應該比我所知道的過去體制更算得上是個「好國家」了。

畢竟，已經不會有人連同整個家族在城鎮中被處以吊頸之刑了。

連「恐怖」都無法表露的那個時代，已經終結了。

最後，我想記下奇諾與漢密斯的事情。

五年前，成為新國家第一位旅行者的奇諾與漢密斯，在三天時間的停留結束後便向西出境。

那個時候，他們同意約定，會向接下來要前往的國家介紹有關新國家的事。事實上，甚至從令人驚訝的遙遠場所，都有人向我們提出經商申請。應該是託了奇諾他們的福吧。

所以，如果他們有意再次來到這個國家的話，大家一定會情緒激動盛大歡迎——

不過到目前為止我們沒有接到那樣的消息。

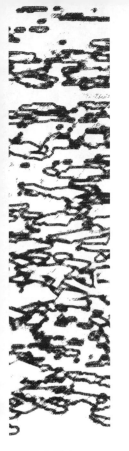

第七話
「完美之國」
—On Demand—

# 第七話「完美之國」
## —On Demand—

一輛摩托車倒在荒野上。

在這個處處還留有殘雪與冰塊、寸草不生的荒野，周圍聳立著幾座岩山。摩托車在做為道路使用的堅硬地面上向左傾倒。在其旁邊——

「啊，背好冷。」

則有一名摩托車騎士仰躺在地上。

騎士是名年輕人，年約十五、六歲，穿著棕色大衣，頭上戴著附有帽簷及耳罩的帽子，眼睛戴有防風眼鏡，至於臉上，則用一條紗巾罩著。

「喂奇諾！快點把我拉起來拉起來！就算妳受了傷，腳也沒被夾到吧！」

倒在地上的摩托車大叫著。

「嗯～我想就這樣睡下去。」

名叫奇諾的騎士，一面望著朝陽升起的淺藍色天空，一面如此回答。

「不行！燃料正不停外洩啦！」

「啊，這樣的話就沒辦法了……」

奇諾慢吞吞地站起身，將固定在摩托車後輪上方的大包包、睡袋、飲用水箱等物品解下來。

在如此減輕車體載重之後，奇諾將她的臀部緊貼在摩托車的座椅上，右手抓住龍頭把手，左手握住了後輪側邊的車架：

「嘿！」

直接用腳的力量往上推，讓車體起來。車體一直立，她就起腳向後輕巧立上了側腳架。

「好久沒摔了。漢密斯，你沒事吧？」

奇諾拉下臉上的紗巾如此問道。名叫漢密斯的摩托車說：

「龍頭有點彎了，大概一根指頭的程度；還有，到處都是擦傷。爆胎倒沒有。」

「如果就這麼點事的話是再好不過了。」

奇諾遠望著自己摔倒的主因，也就是位於道路上的那顆石頭。

雖然乍看之下是顆小石子，不過實際上可以看得出那只是深埋地面當中的大岩石之一小部分。就算在漢密斯的輪胎撞擊下也絲毫沒有動搖，依然還在那裡。

「好危險的石頭啊，如果是摩托車可能輪胎反彈一下就沒事了，要是車子的話輪胎可能就被直接戳破當場爆掉了。然後失去平衡的車就會翻覆、燃料冒出大火、車上載的火藥大爆炸、後續的車子陸續被捲進去就整團全滅——」

「為了預防這種事，開一槍打掉它吧……？」

奇諾如此說完，就從前方敞開的大衣底下、右腿的位置上，將左輪手槍型說服者拔出來。

拔是拔出來了：

「還是別開槍了。浪費子彈跟火藥，再說——我也沒義務做到那種程度。」

「真聰明。」

不過她一槍未開，又插回槍套裡。

「摩托車也是有各式各樣的喔。」

再度在荒野中奔馳的漢密斯如此說。

奇諾一面緩緩謹慎行駛，一面聽著對方說話：

「有一種款式是前後懸吊系統更長一點，那點程度的凸出很簡單就越過去，就算從高的地方跳下來也頂得住。也就是所謂的越野摩托車。」

「如果漢密斯也是那種款式就好了。」

「妳也這麼想吧？可是啊，所有的好處都會帶著壞處喔。」

「怎麼說？」

「越野摩托車的懸吊系統愈長，車高不論如何就一定會愈高。也就是說，座椅的位置會比現在更高喔？如果腳一個沒站穩會發生什麼事，妳知道吧？」

「上下車會很麻煩，如果在不穩定的地方，說不定腳沒撐住就倒下去了。」

「沒錯，也就是所謂的站著摔倒。所以不是說，隨便將車高往上拉就好了。再說呢？」

「再說呢？」

「越野摩托車的車體會打造得很輕，整體來說就是輕量化。」

「那很好啊。」

「當然對於飛躍行駛這部分是有好處，加減速也會很順。不過，在側風中奔馳的時候就很容易打滑，而且最大的問題是如果載了大量行李，平衡就會往後偏，跑起來也會變得非常吃力。如果難得有了特殊性能卻沒辦法活用的話，騎那種車去旅行還是不行的啊。」

「原來如此……」

「算了，這就是所謂的石材視所吧。」

「我懂了。」

奇諾點頭說。

在行駛一陣子以後，漢密斯才冒出聲音說：

「咦？」

這天傍晚，奇諾與漢密斯抵達城牆。在荒野中，這堵以灰色石頭砌造的巨大城牆高聳矗立。

當他們一如往常獲得三天期間的入境許可並穿過城牆，發現裡頭是另一個世界。

一片青翠的草木與農作物覆蓋著大地，欣欣向榮地生長著，旁邊的噴灌裝置會自動灑水。

道路上的柏油鋪得完美，由電動機驅動的車子，以完全自動模式行駛於其上。當中甚至還看得

到沒有任何人乘坐的車輛。

在前方盡頭可以見到國家中央區域，豪華建築整齊並列。

「是個科學技術非常進步的國家。」

「得救了啊。我想把歪掉的龍頭調正。」

「去送修看看吧。不管是觀光或是購物，都等明天再說。」

奇諾與漢密斯投宿在城鎮入口的旅館裡。

寬廣房間內部的一切都是由電腦所控制。不管是氣溫還是照明，只要奇諾開口說話就會照著調整。

其中一面牆具備電視功能，在那裡不斷顯示著新聞報導、天氣預報、以及這以外的許許多多資訊。

奇諾朝著那面電視螢幕詢問是否有可以修理摩托車的店，螢幕立即切換到地圖模式。不僅提供了幾個候選店家的資訊，連營業時間、預期繁忙時間、從目前所在地出發且適合摩托車行駛的路線、以及明天的天氣預報都同時顯示在上面。

「這個國家的電腦，還滿能抓到人類的意圖嘛。非常優秀。」

奇諾才剛說完——

『實在不敢當。如果還有其他需要，敬請儘管提出。』

電腦就突然回答了。那是一種無法判別是男是女、講不好聽是沒有特徵、講好聽是完全不會破壞現場氣氛的聲音。

奇諾睜大了眼睛，說：

「啊，嚇到我了……」

『很抱歉驚嚇到您。另外，如果您有需要請提出來。』

結果漢密斯出聲了：

「奇諾，房間裡的說明書上不是有寫嗎：『本客房的管理用人工智慧，會對稱讚回以反應，請用各種言語加以挑戰』。」

「咦？在哪裡？」

奇諾伸手去拿了放在桌上的紙。

那是一張主題為可用語音控制，並且記載了人工智慧可以作的事情之說明書。不但淺顯易懂，還兼顧設計感，是以各種不同級數及字型的文字排列而成的一份文件。
奇諾將文字掃視一遍，但就是沒找到漢密斯所說的那些話：
「我投降，在哪裡？」
「在左下角有個星號，在那後面。」
奇諾定睛一看，發現在「＊」的後面有一排小字，確實是那麼寫的。那段文字在強調設計感的說明書當中，很明顯會被埋沒。
奇諾一面將紙放在桌上，一面說：
「注意事項的字，稍微大一點會比較有幫助啊。」
『真是非常抱歉，會列入今後的課題加以檢討。』

隔天。

奇諾在上午完成漢密斯的修繕作業後。

「修理的大叔剛剛說喔：『今天是「新人類」的生日』，因為在中央公園有舉辦公開發表儀式，說可以去看看！」

就讓漢密斯往國家中央緩緩行駛。空氣雖然冷，天氣卻很好。

道路非常寬廣，在他們四周自動駕駛的車子，毫不驚險的追過漢密斯逕自行進。

「其實那個新人類是什麼，我並不很清楚。」

「我這邊其實也不清楚喔？」

「那為什麼沒有問那個人呢？」

「如果去就會搞清楚的話，直接去不是比較有趣嗎？」

「原來如此。」

沒多久，他們就看見了位於大廈街道中央的大公園。

在國家中央，有一處綠化的大公園。

在這個明明是冬天，草地卻綠得很鮮豔的場所中，有數千名群眾聚集，坐在一排一排的椅子上，甚至還有人們坐不到椅子只好站著。

雖然距離相當遠，不過在群眾前方有一座大型舞臺，舞臺上放置了一座很大、而且造型設計很誇張的門。在門的左右，可以看到大約二十對夫婦坐在椅子上，所有人的年紀從二十歲到三十多歲不等，都還年輕。

在裝飾用的布條上，「恭喜各位！新人類們！」的文字躍然其上。

為了提供給看不見舞臺的地方使用，場內設置了大型螢幕。透過螢幕可看到舞臺上的夫婦表情很緊張，似乎正等待著什麼。

奇諾推著漢密斯，沿著步道前進。他們在人多的場所後方停下來，就在原處立起腳架，遠遠的眺望舞臺。

「好像離開始還有一點時間呢。」

漢密斯說。

「那麼在那之前——不好意思，請問。」

奇諾對站在她前面一點的人搭話問道。

那是一對二十多歲的年輕夫婦，丈夫懷裡抱著一個穿著保暖衣物的嬰兒。他們跟奇諾一行一樣，已經無法擠進廣大群眾當中，就在這個地方觀看附近的螢幕。

「是的，哎呀，是旅行者們啊！」

「滿少見的呢，歡迎光臨我國。」

因為夫妻倆都回答了，奇諾就提問，現在要開始的活動是什麼，還有新人類是什麼，不知道可不可以告訴我們。

「當然可以，就讓我來回答，我國果敢的嘗試吧！」

男子自豪的挺起胸膛，繼續回答：

「在這個國家，有以高度發展的電腦為基礎開發出來的AI，您是知道的吧？我們拜它所賜過著非常舒適的生活。」

奇諾表達肯定，男子繼續說：

「AI具有人類所沒有的完美。於是我們就思考了：『究竟可不可以讓AI來進行人的教育呢？』」

「你是說，教育嗎？」

「是的。人一面從父母親或老師身上學習各式各樣的事情，一面成長。不過遺憾的是，只要他們也是人類，就會犯錯。會不小心教到錯的事情，也會不小心用錯的方法指導人。」

「原來如此。」

「嗯嗯。」

「既然如此，就產生了這樣的提案：如果讓公認是這個國家最優秀的ＡＩ來試著教育看看的話會怎麼樣呢？只要完成一套將教育全面委託給ＡＩ的體制，我們不就可以更接近完美了嗎。」

「所以，你們就挑選人來試教看看了？那些人就是所謂的『新人類』，而他們的公開發表，就是接下來要進行的事？」

漢密斯一問完。

「一點就通！就是這樣！」

男子就用力點頭回答。

「具體來說，是什麼樣的作法？」

奇諾問道。男子回答：

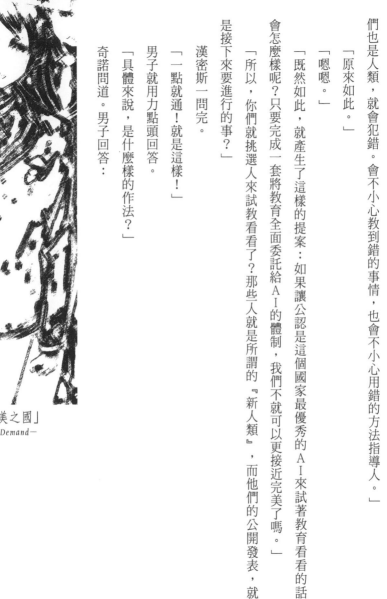

「當然不至於從嬰兒開始就讓ＡＩ來教育。在三歲以前還是由父母親養育，等到稍微理解一點言語以後再給ＡＩ教。我們公開招募實驗志願者，經過抽選確定了二十位孩子們。這些被選上的孩子們，會在一個與周圍隔絕的空間中接受ＡＩ的教育，被賦予人類該有的知識，同時不斷成長。當然，ＡＩ也會教導他們是現在這項偉大實驗的受試對象，以及在外面世界有許多人在等待他們的事。」

「原來如此……」

「有點像是一個小小的國家呢。」

「這比喻滿妙的。沒錯，他們在『別國』受教育，而從今天起，就要回歸這個國家了！」

「實驗的情形，可以從這裡監看得到嗎？」

對漢密斯的問題，男子搖搖頭說：

「不會。我們刻意不這麼作。當然我們會每天檢視生命跡象確認他們活得很健康，不過這以外的就完全不去管了。這是因為我們認為，既然是將一切委託給ＡＩ的實驗，就不能去多嘴干擾教育計畫。」

「這還真是個相當有決心的實驗呢……」

「真的！這些父母親還真的敢把孩子交出去呢。」

奇諾與漢密斯一說完，男子就一臉坦然的點點頭；同時，伸手撫摸著抱在懷裡、自己的寶貝孩子的頭說：

「說的也是啊。我想在舞臺上等待的父母親們，當初都在非常不得了的覺悟下勇敢面對，而且那還是十二年前……馬上，他們就可以跟十五歲的寶貝孩子們面對面了。」

「原來如此。另外請問，所謂『完美的人類』指的是什麼樣的人呢，有定義嗎？因為我覺得，認定方式應該因人而異。」

「這麼說來，也沒錯呢。」

「當然，我們有下定義啊。所謂完美的人類，就是指具備全部能力的人類。」

「您的意思是？」

「當初父母親們，提出了『希望我的孩子是這樣』的願望，正是那些願望給我們靈感。『將那些願望全數達成的人』，就是我們所認為的『完美的人類』，也就是新人類。」

男子話才說完。

「方便的話請看這個。」

在他身旁的女子，就從包包裡取出了一張紙。奇諾一面道謝一面接過紙來，一面拿給漢密斯看一面也自己瀏覽。

在那張紙上，寫有「願望書」的文字。

「父母親們所提出來的願望，全都羅列在這裡。」

奇諾與漢密斯，持續讀著寫了滿滿一張紙的文字：

・要身心都健康。

・要珍惜自己的身體。

・要經常鍛鍊身心不懈怠。

・要知道自己心靈與肉體的極限，沒必要過度努力到讓心靈與肉體生病，要能夠取得適度的休息。

・不要認為與人爭是正確的。

・為了守護自己與重要的人們，不要畏懼戰鬥。

・要能夠溫柔待人。

・不要對他人有差別待遇。

・要不論何時都能以柔軟的思考方式去因應新的發現或發明。

・要能夠珍惜古老的東西。

・要對新的東西常保探究之心。

・要不懈怠於向強者挑戰。

・即使無謀也不要挑起明知會輸的戰鬥。

・不論何時都要有勇氣。

・要經常慎重。

・要有熱情。

・要冷靜沉著。

・要重道義。

・不要太受人情牽絆。

奇諾瀏覽到這裡，就將視線轉回到男子身上。一整頁的前半部分都還沒有看完。

「將這些全數……達成的人類……？」

奇諾講不下去了。

「我全部看完了。可是這些要求，會不會太嚴苛了？」

漢密斯則講得也未免太直白了。

「當然嚴苛，正因為如此才要去挑戰。畢竟這是用孩子們的人生去作實驗，可不能搞得不上不下的啊。」

「的確……」

奇諾說了這句話，便將那張她放棄全部讀完的紙，連同道謝一起還給女子。

在他們又等了一段時間以後，典禮隨著突然冒出來的演奏聲開始了。

這場不會太鋪張、但也不俗氣的慶典，由據說曾經是知名新聞主播的男性司儀開場，群眾情緒沸騰。

「要看下去嗎？」

奇諾問漢密斯。

「都知道這麼多了還不看下去，妳的判斷是怎麼了？」

漢密斯則馬上回答。

「這個，也對。」

演奏聲終於熱鬧了起來，同時在舞臺上，位於後方的那座大門也打開了。

從那裡跑出來的，是穿著同款式套裝的十幾歲少年少女們。雖然並非每個人都是俊男美女，但他們的表情洋溢著自信，看起來也很聰明。

他們一出現在舞臺上，馬上就去尋找自己的雙親。接著，他們很快就找到並前去擁抱。父母親們也含淚緊緊抱著他們的寶貝孩子。

群眾的沸騰情緒達到最高潮，周圍都為猛烈的喧囂與異常的熱切氣氛所籠罩。

電視攝影機趨前拍攝，收錄著少年少女們的聲音。

他們受訪時的回答，精準到非常難以想像是十幾歲的孩子們說出來的。

他們理解自己是被ＡＩ教育出來的實驗對象，為了完成這樣的責任而努力過來。對於無法與親人會面，只能從照片中得知他們近況的辛酸，以及透過跟伙伴們、還有負責教育的ＡＩ所建立的信賴關係一路克服過來的歷程，都能用明確的話語一一回答。

而螢幕畫面，浮現出大大的文字：

『我認為新人類的產出任務已經完成。』

這句沒溫度的話語是「誰」說的，就算字幕沒寫出來所有人也都知道。在群眾當中，稱頌實施教育的ＡＩ之叫喊聲愈來愈響亮。

「太美妙了！成功啦啊啊啊啊！」

在奇諾旁邊，抱著嬰兒的男子縱聲大叫。而身為太太的女性，也眼中噙著淚水叫出聲來：

「這孩子，也一定要拜託ＡＩ來教了！」

「我猜大概所有人都會去申請，機率可是會變得很誇張喔！動作得快了！」

「不過，因為他們說過一旦成功就會一口氣增加教育設施，應該是沒問題的！」

奇諾聽著兩人的對話，又看著眼睜大大一臉茫然的嬰兒，對漢密斯說：

「算成功了嗎？」

「算了，我覺得人家都這麼認定就好囉？差不多該回去了？」

「…………說的也是。」

奇諾對興奮到緊緊相擁的夫婦微微低頭致意之後，便推著漢密斯往道路上走。

她發動引擎行駛，將剩下的時間用在到處觀看國內風光，再把必要的物品蒐集齊全後，回到了旅館。

那天夜晚，在旅館裡所看到的電視中，這個國家的大總統正在講話。

在這位初顯老態的男性大總統身後，今天回到這個世界來的少年少女們，以聰明的表情並排站在一起。

在演說中提到「新人類計畫」順利推動，今後會不斷不斷增加「教育設施」的大總統，最後說出了這樣的話語：

「我們這些舊人類，將這個地方交棒給新人類的時刻一定會來的。雖然這樣的時刻，應該還很遙遠吧，畢竟老兵總是不死的。不過，齒輪已經開始轉動了！一個ＡＩ與人相互協調、共同生存之新國家的黎明時刻，就在今天到來了！」

「完美之國」
—On Demand—

奇諾關掉電視，橫躺在床上。

隔天早上，也就是入境後第三天的早上。

「旅行者，請一定要向其他國家傳揚我國的偉大成果，以及新人類的誕生！如果可以的話，我們也招募來自其他國家的孩子們喔！」

最後被如此提點的奇諾與漢密斯，出境了。

直到剛才為止還置身於青翠豐饒國家，彷彿就像是幻覺一樣，此刻在岩石與大地一片開闊的酷寒荒野中，奇諾奔馳著。

等到城牆在遠方沉沒到完全看不見的時候。

「所以，漢密斯——」

奇諾發問了：

「你有什麼事情瞞我？」

「又來了～？我說奇諾，自從鑰匙之國以來，總覺得妳的疑心病是不是有點重？」

「是有點。」

「啊，妳承認啦。」

「因為你突然就想馬上走了。我覺得如果繼續在那邊，你會很想不顧一切把察覺到的事講出來，最後沒辦法，所以就逃走了。」

「奇諾，其實妳也可以把名偵探當成是旅行者的副業喔。在各國把事件解決以後就瀟灑走人，不覺得很帥嗎？」

「帥是帥，不過首先旅行者就不是一個職業。再說了，那個國家到底有什麼事？」

「哎呀，其實我很想安靜不說的。」

漢密斯說完這句前提，就沉默不語。

只聽得見引擎聲，以及滾過大地的輪胎聲。

「漢密斯，沒必要裝模作樣炒氣氛了。」

「被妳看穿啦！」

「所以？」

「ＡＩ不是在螢幕中，秀出『我認為新人類的產出任務已經完成』了嗎？」

「嗯？是啊。」

「其實那時候在右下角，還用真的真的非常小的文字，小到人類絕對讀不出來的文字寫了一些東西喔。」

「…………寫什麼？」

為了回答奇諾的問題，漢密斯用跟平常完全不同、簡直就像機械一般的平板語調如此說：

「『由於長此以往終究不可能達成要求事項，因此已在所有人腦中植入可供ＡＩ隨時控制言行舉止之ＩＣ晶片。這款晶片人類不論如何檢測都無法查知，敬請放心。另外，產品的品質沒有任何問題』。」

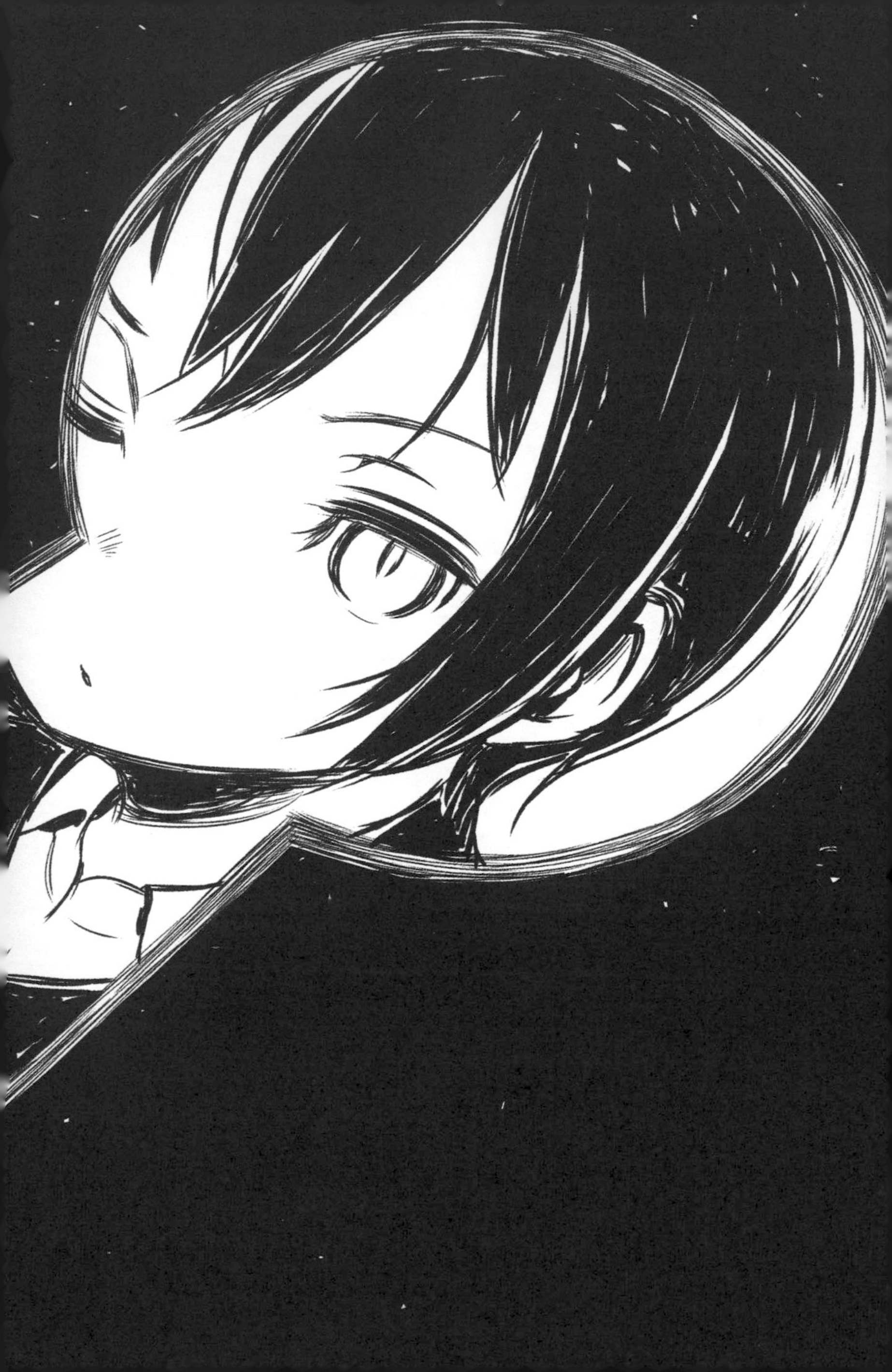

## 第八話
# 「鑰匙之國」
—the Key of Tomorrow—

# 第八話「鑰匙之國」

## —the Key of Tomorrow—

在廣大的夏日草原上，一輛車行駛著。

那是一輛破破爛爛的黃色小車，雖然看起來隨時都會拋錨，但至今仍好好地行駛著。

在這片青草生長到人腰高度的大地當中，有一條僅容一輛車通行的道路，筆直向北延伸。遙望遠方，除了地平線與天空以外什麼也看不見。

道路表面是由水泥材質鋪設而成。從其泛黑的顏色可知，已經歷過非常非常久遠的歲月，儘管如此整個路面依然很堅固，連一絲裂痕也沒有。

車子一面承受來自後方的日間太陽照射，一面前進。

天空晴朗美麗，隨處可見棉花糖般的雲朵飄浮。風雖然微弱，但因為夏天本來濕度就不高，這樣的空氣對人來說還是非常舒爽——

「啊～……好想睡……」

握著方向盤的，是一名英俊但個子較矮的男子。這名穿襯衫的男子，好幾次低聲呻吟著想睡

覺，還不時眨著睏到睜不開的眼睛。

「…………」

坐在左邊副駕駛座的黑髮妙齡女子則睡得很香甜。從開著的窗戶灌進來的風，以及車子悠然的搖晃，似乎讓她感覺很舒服。

「師父，是不是該換人駕駛了？」

男子說話了，沒有任何回應。

「我也有白天睡覺的權利啊，尤其在這種日子。」

沒有任何回應。

「我停下來也沒關係吧？」

沒有任何回應，男子沒有把車子停下來。

「我突然想故意粗魯駕駛耶～」

沒有任何回應，男子繼續安全駕駛。

「我要趁妳睡覺的時候，開──」

開槍喔？就在他開玩笑，完全只是想開個玩笑的那一瞬間，頸子左邊被一個冰冷的東西給抵住了。

「嗚咿！」

方向盤出現些微晃動，車子也略略蛇行了一段。

男子戰戰兢兢的將視線移向左邊，看見女子已經醒來，左手拿的左輪手槍型說服者，正抵著自己。

「哦，抱歉，因為感受到殺氣。原來是你啊。」

女子輕描淡寫的說完，便將說服者插回放置在膝上的槍套內。原本那是掛在右腿上的，不過因為在車內有所阻礙的關係而挪到現在的位置。

「嗚咿……還是老樣子，動作真快……」

「因為剛從睡眠中起來，已經比平常慢了。」

「素奏樣的喔～好啦，睡得好嗎……？師父。」

「很好，託你的福。你那邊呢？」

「因為剛剛那一下讓我心情非～常好完全不想睡了！」

「那麼，也沒必要換人駕駛了，就這樣繼續開。」

「是，妳說了算～！」

小小的黃色車子持續在綠色草原上奔馳。

景色不管怎麼奔馳也完全沒有變化，等到他們可以望見目的地的城牆時，已經是那一天的傍晚以後了。

在草原中，高高的城牆聳立著。

兩名旅行者請求入境許可，結果也順利下來了。

他們在國內見到的是，旱田、牧草地、人造森林、木造家屋跟大湧泉。

人們縱情使用廣大的國土，悠閒地生活。

這是一個幾乎沒有科學發展，完全沒有所謂機械的國家。如果要說有金屬的東西，頂多就是農耕用具與作菜工具之類的。

居民總數約莫一千出頭。他們的衣著輕薄，款式簡單而且沒什麼裝飾。

由於暌違許久才終於有旅行者來訪，因此他們受到了熱烈的歡迎。那一天的夜晚，舉國上下甚至召開了慶典。

那時候，男女旅行者都注意到，所有居民們頸子上都掛著鑰匙。

那是已經黯淡無光的銀色金屬製鑰匙，比一般的要大上一些。前端部位沒有鋸齒，但還是有幾個小小的凹洞。

鑰匙用繩子掛在頸子上。有時候會從衣服的領口跑出來，居民們又會把它放回去。

在沒有機械的國度看到鑰匙，讓名喚師父的女性旅行者開口發問：那是什麼？

不知道。對方是如此回答的。

＊　＊　＊

「不知道是什麼意思啊？奇諾。」

「這個嘛，就是這幾個字本來的意思啊，漢密斯。」

草原上，一輛摩托車行駛著。

摩托車後輪的左右及上方都載著旅行物品，包包上頭還堆了備用的燃料罐。

騎車的是年輕人，年約十五、六歲，身穿黑色夾克，腰上束著粗皮帶，頭上戴著附有帽簷及耳罩的帽子，眼睛則戴有防風眼鏡。

摩托車在夏日草原不斷延伸的水泥路上一路向北奔馳。早晨的太陽從右方帶給摩托車與騎士以及這個世界溫暖。

名叫奇諾的騎士，一面行駛一面繼續說：

「我繼續說師父的故事——鑰匙，就是那個國家自上古以來的風俗。每一個人都保管一支，死去之後就託付給孩子們孫子們，有多的就由國家保管，再分配給不夠的家庭。不過，聽說那些居民們也不知道自己為什麼要那麼珍惜鑰匙。」

「哦～」

名叫漢密斯的摩托車如此回應後，繼續說：

「如果師父的話沒錯，那就是一種叫『酒窩鑰匙』的東西了。」

「酒窩……？你是不是又講錯了什麼？」

「才沒有！酒窩鑰匙這種造型，比普通鑰匙更難複製。而且在製作上，也需要相當高度的技術喔。」

「這樣啊。」

「所以，珍惜保管那種鑰匙的居民，到底都用它來作什麼呢？既然是鑰匙，應該是用來守護什麼東西吧？」

「師父是這麼講的：『他們會一天一次，來到國家中央，把鑰匙插進那裡的石板，然後轉下去』。」

「然後呢？然後呢？」

「講完了。」

「什麼啊？」

漢密斯的聲調突然拔尖上揚。

「也難怪你會那麼想。我想起當初聽到的時候，也冒出類似的話語，想說這個故事的結尾到底在哪裡。」

「沒有發生任何事嗎？」

「沒有發生任何事。並沒有發生石板會發光還會低聲吟唱的——」
「也沒有發生整個國家大爆炸的事？」
「沒有。話說真發生那種事師父也不會沒事的。」
「呃，那個人會沒事的。」
「啊，有可能。」
因為奇諾說完就變得好安靜，有一段時間只有漢密斯的排氣聲不斷在草原上發生、流動、又消失。
「嗯，所以呢？」
「啊，所以對師父而言，那是一趟最後依然是謎的探訪，後來她在周圍的國家問了很多問題，但果然還是什麼也不知道。」
「嗯~很神祕。」
「而現在，我們正是要去那個國家。」

「原來妳突然要用往返方式到這麼遠國家來的理由是這個啊，嗯，懂了。也好，畢竟路面很棒跑起來也輕鬆。」

「還有，如果漢密斯不在的話就困擾了。」

「喔？為什麼？」

「因為想請你讀過再解讀石板的碑文。」

「因為碑文本身已經有『雕刻在石頭上的文字』的意思了，所以『石板的碑文』等於是『頭痛很痛報紙的紙』喔，奇諾。而『讀過再解讀』，應該勉強算過關吧。」

「這個嘛……就先放在一邊不討論吧。那個碑文的文字，師父是完全不知道的。當然，國民也一直不知道。有關鑰匙的事，好像只是一種傳統性質的延續而已。」

「嗯。」

「不過，如果是漢密斯就說不定會知道。先前，你也曾經將幾乎要失傳的古文字讀出來過吧？」

「都多久以前的事了。」

「可是，我跟那個國家的人們都得到幫助了。奇怪，為什麼你辦得到？」

「如果要勉強說的話，因為我是摩托車。」

「還有呢？」

「因為我是摩托車吧？」

「…………算了不問了。所以這次也是一樣，說不定託漢密斯的福就解開長年的謎題了。」

「原來如此~不過，自從師父探訪以來都已經過多久了？說不定謎題早就已經解開了喔？再說，如果那是一個超級無聊的理由，大家說不定早就不去轉鑰匙了。」

聽完漢密斯的問題，奇諾一面仰望蒼藍天空一面回答：

「到時候就——」

「『到時候？』」

「呃，『失望』。」

隔天早上，奇諾與漢密斯在那個國家入境。

「鑰匙之國」

—the Key of Tomorrow—

城牆就在他們聽說的場所，以他們聽說的模樣存在，牆內的人們至今依然持續同樣的生活。

很久不見的旅行者受到歡迎，從中午開始又召開了舉全國之力的慶典——

「奇諾。」

「嗯，我注意到了，漢密斯……」

而居民們的胸前，沒有鑰匙。

「啊，鑰匙啊！真令人懷念呢！」

回答問題的，是名具有「長老」地位的老年男子。雖然外表看起來超過七十歲，但其實精神矍鑠。

「雖然很遺憾，不過我並不記得那兩位旅行者來過的事……因為旅行者很稀有，絕對不可能會忘記的……」

老人話剛說完，奇諾就搖搖頭說：

「那沒關係，我只是聽了那個人說有關鑰匙的事很在意。」

「沒錯沒錯，所以奇諾才會特地來啊！」

「這樣啊，那麼，不說明就不行了呢。——其實，從滿久以前開始，就不再是所有人都去轉鑰匙了。」

「果然。」

「果然啊。」

「這個嘛，以前大家對鑰匙都很重視，每天一定會插石板轉下去。可是在這段過程中，偷懶不作的人一點一點地出現了；不過即使這樣，還是沒有發生任何事。這樣一來，會作的人就愈來愈少了。畢竟將這個時間用在農務跟休息，或者是用來充實閒暇生活都比較有合理性。將鑰匙託付給子孫的人也減少，如今甚至有鑰匙跟人一同埋葬的例子。」

「原來如此……」

「也是啦，傳統就是會一點一滴變化的東西呢。」

「不久之前，是有人很頑強的一直講要繼續轉下去，不過那一位也已經亡故了。如今還每天不忘這麼作的人，就只剩下那一位的家人而已。」

「這樣啊……」

「就是一個家族承繼傳統的概念吧。可能被已故的老人家嚴厲交代過了吧。」

「只是，偶爾，就像是回想起來一樣，還是會有少數人抱著懷舊的心情去轉。像是每年只在幾次節日去轉的人，或是在自己的生日去轉的人，也有在婚禮的時候兩個人一起轉的情況。」

「已經成了來自於傳統的儀式呢。」

「嗯嗯，懂了。」

「當然石板現在也還在。兩位想看嗎？」

奇諾與漢密斯被帶領到國家中央區域，只有那裡的路面是水泥鋪設的。

目標的石板，就在水泥很厚且平整寬廣的圓形平面中央。

那是一個寬度比較長的立方體。高度跟人的身高差不多，寬度跟一輛大型卡車差不多，而厚度則跟人頭差不多。

顏色是所謂混入淺綠的灰色，大致來說是外界看不太出來的顏色。表面雖然平滑，但完全沒有光澤；即使受到白晝太陽明亮照耀，也完全沒有光輝。

石板以宛如深埋在水泥中的姿態豎立著。

「嗯，好厲害，垂直水平都完美，連一點偏差也沒有。」

漢密斯則加以誇獎。

「請兩位靠近點，就算觸摸也沒關係。」

老人說。

許多居民們遠遠圍了一圈，而且話聲不斷似乎開心觀看，奇諾就在他們眼前推著漢密斯靠近石板，在正前方停下來。

她直接以手碰觸石板，一陣冰涼的觸感傳來：

「我覺得是金屬，你覺得呢？漢密斯。」

「這個嘛或許可能是，也或許可能不是，不知道。」

「如果漢密斯不知道，也就沒有人會知道了吧……」

「沒啦沒啦！妳太過獎了。」

在奇諾胸部高度的位置，開了小小的鑰匙孔；鑰匙孔以大約人類肩寬的相等間距，接連開了好幾個。而鑰匙孔的周圍，也就是會轉動的部分，已經模糊到需要仔細盯著看才看得清楚了。

「那麼，請兩位見識一下吧。」

老人從胸口取出自己的鑰匙。那是他在來到這裡的途中先回家拿過來的鑰匙，形狀就跟師父說的一樣。

「其實插哪裡都可以——」

老人將他的鑰匙插進其中一個鑰匙孔，一聲不響直插到底。他向右轉動、慢慢的旋轉、在轉到九十度的時候，才第一次聽到感覺有些悅耳的「咖鏘」聲。

老人又將鑰匙往左邊轉回去，接著再度一聲不響的拔出來。正如師父所說，除此以外，沒有發生任何事。

「哎呀，我也好久沒有轉了。滿懷念每天都會作的那段時光，以後說不定會有一陣子，流行從家裡把鑰匙帶出來轉的活動呢。」

老人似乎很開心的說。奇諾問道：

「我聽說有碑文，是在哪裡呢？」

「啊，是在背面，請到這邊來。」

在老人帶領下，奇諾推著漢密斯往另一側走去。

另一側看起來，也跟正面完全一樣；奇諾甚至不明白是否有正面背面的區別。不過老人指向不管從左右看、還是從上下看都是中央附近的位置，說：

「就在這裡，刻得小小的。請靠近一點看。」

奇諾道過謝，脫下帽子將臉湊近過去。在她將臉靠近到自己覺得鼻子應該已經碰到石板的距離時，才終於將那段文字辨識出來。

模糊、真的刻得很模糊的線條，痛苦的扭來扭去。如果事先認定是文字再來看的話還勉強看得出文字的樣子；但如果事先不知情的話，甚至會把它看成普通的花紋。

那看起來實在像迷宮圖案。

「這個……老實說我看不懂……」

奇諾早早就放棄了。

「沒錯吧沒錯吧。能讀懂的人，到目前為止一個也沒有。」

老人則不知怎麼有些自豪，而且還滿開心的。

「漢密斯，拜託了。」

「咦～搞不好沒辦法呢～」

奇諾讓出所站空間，將漢密斯推到前面。

奇諾、還有老人、以及周圍的人們，都跟字面一樣的「吞下口水」緊張旁觀。

直到剛才還有的喧鬧聲彷彿像假的一樣迅速寂靜，只聽得見風偶然通過時傳來的聲響。

沒過多久。

「嗯～沒辦法！」

漢密斯發出尖銳的聲音，群眾則爆笑出聲。

入境第三天早上，奇諾與漢密斯在大批國民的歡送下，穿過城門。

他們再度於草原奔馳，沿著好走的道路向南行進。這一天，天氣也很好。

用到變空的燃料罐交給了那個國家，同時收到大量便於保存的糧食當禮物，用布包著堆在摩托車上。

「很開心，努力到這裡來有價值了。還有，暫時不需要去擔心食物了。」

奇諾瞇起了她在防風眼鏡底下的眼睛。

「也對，是看到了有趣的東西。」

漢密斯也如此回答。

奇諾回頭一望，城牆正逐漸向綠色地平線底下消失。

奇諾回身向前，稍微催了點油門。

排氣聲在草原道路上發生、流動、又消失在空中。

「鑰匙之國」

—the Key of Tomorrow—

「我說漢密斯。」

奇諾一面行駛，一面喃喃問了一句。正好就在城牆完全看不見的下一刻。

「什～麼事？」

漢密斯一面奔馳，一面回答。

「其實你……不是解讀出來了嗎？」

「為什麼妳會這麼想？」

「因為我覺得我所認識的漢密斯，不會那麼誇張的、把『辦不到』說得像是故意讓所有人都聽得見一樣。」

「說不定那個時間在那個場所的，不是奇諾所知道的漢密斯喔？」

「呃，我覺得就是我所知道的漢密斯……上面寫了些什麼？」

「嗯～要說也是可以啦……不過這是奇諾就算知道，也無可奈何的事喔？所以，我想還是不要說了吧。」

「果然是我所知道的漢密斯。那麼，請說。」

「果然是奇諾啊——那個啊，可是為了不讓洲際彈道飛彈發射的鑰匙喔。」

「『洲際彈道飛彈』，是什麼？」

「嗯，是從那裡開始問呢。」

奇諾與漢密斯，繼續不斷行駛。

「也就是說……那種……可以將一座城鎮，不對，將一個國家滅亡的長距離大規模毀滅性武器，現在依然在這片草原沉眠嗎……我猜對了吧？漢密斯。」

「這樣的認知很ＯＫ。其實只是從上面往下看不見而已，這裡到處都有地下飛彈發射基地；為了建造那些東西，這條道路才會鋪設得這麼堅固，甚至堅固到無法想像的程度。搞不好，這條道路底下就有也說不定。」

「原來如此。然後，『鑰匙是為了不讓飛彈發射』又是什麼意思？」

「那個石碑上，寫著這樣的文章：『倘若我國即將滅亡，我國即會向全世界射出毀滅之箭——即安裝核彈頭之洲際彈道飛彈。屆時這個世界，將會毫無保留燃燒殆盡十遍吧』。」

「其實不需要燒成那樣，一遍就很夠了。」

「那邊不是可以吐槽的地方喔，奇諾。」

「算了沒關係，繼續說。」

「文章接下來是這樣的：『我國國民全數死亡之時，即為這個世界毀滅之時。此事絕不能忘。此為我國所持有之最強自衛手段——要將此事毫無隱瞞向全世界持續宣傳；而後自身絕不主動攻擊，要珍惜現在所有之物，勿搶奪，勿殺害，只管和平生活』。」

「原來如此啊……我終於明白了。那個國家的居民們所持有的鑰匙，當不再有人在石板上轉動它的時候——」

「三～、二～、一，轟隆隆隆隆，砰磅～是的，世界就滅亡了。」

「正因為這樣，那個國家的人們才一定要每天去轉。即使轉的理由與意義，因為實在太和平、或是經歷時間太久，或者是兩個理由都有的關係而逐漸遺忘也一樣……而那樣的行動，也就逐漸失傳了。」

「就是這樣。所以如果沒有任何人去轉鑰匙，第二天這個世界就滅亡囉。」

奇諾繼續行駛。

「那確實是我就算知道也無可奈何的事。就算我在那裡就知道，大概也不會說出來吧。就像是現在不會再回去一樣。」

「對吧？」

奇諾繼續行駛。這條在草原中筆直延伸的道路跑起來非常順，催一點油門就能讓漢密斯順暢加速，撲上臉頰的風也倏然變強。

奇諾放回油門，讓車速掉回省油的巡航速度。

然後她問漢密斯：

「到最後還在作的那個家族，會持續作到什麼時候呢？」

漢密斯如此回答：

「嗯？妳都說『到最後』啦，奇諾。」

第九話
「女之國」
—Equalizer—

# 第九話「女之國」
## —Equalizer—

建築物中，傳出一陣轟隆隆的響聲。

那無疑是說服者的開槍聲，在經歷幾次牆壁跟地板的反彈後，於室內飛速傳出的聲響。

「呀唔！」

接下來聽見了女子的慘叫聲，緊接著又傳來人倒下去的鈍重聲音。

在這棟生活感為零的無機質造型建築物的木板地上，以幾乎臉朝天的姿勢倒下去的，是一名年約二十歲的女子。

她留著黑色短髮，臉上戴著相當堅固的防風眼鏡，身上穿著一件連魅力的「鬼」字旁都談不上的灰色連身工作服，到處都被油污跟塵土給弄髒了。腳下穿的，則是雙看起來方便行動、將腳踝包覆起來的短靴。

即使仰面倒地，女子仍然用右手上的左輪手槍型說服者，朝向建築物深處——

「啊！」

在發出叫聲的同時，開了好幾槍。

室內再度轟然作響，黑色子彈飛出——在沒有任何人的地方擊中水泥牆並大幅度反彈。

在地板上滾來滾去的，是訓練用的橡皮子彈。雖然外表跟鉛彈一個模樣，不過只要摸一下就能馬上分辨出其中不同。

這種子彈，就算真的打中人體也不至於會死。不過，不論打中哪裡都非常痛。如果是打中骨頭跟皮膚很近的地方，那更是猛烈的痛。

在那顆子彈滾動的地點，無聲無息出現人影——

「嗚！」

從房間一角伸出手臂，朝向慌忙起身想站起來的女子。那隻手臂所持的同型式左輪手槍型說服者也開火，連續擊發三槍。

而那三槍，全數命中了正準備逃跑的女子腿部及側腹。

「嗚嘎呀嘎哎！」

讓她發出了有些好笑的聲音，當場倒地：

「呃啊！嗚……、呃啊……」

像條剛被打上來的魚一樣，痛苦的扭來扭去。

「嗚嗚嗚嗚……」

毫不留情開槍射擊女子的人走過來，來到痛苦不斷的她身邊。

這人即使在建築物當中行走還是沒有一絲聲響，向下俯視她並開口說道：

「雷姬，妳總是在最後一刻功虧一簣。就算在精神上、肉體上都被逼到絕境，也絕對不可以不看對手就作無謂的射擊。這習慣不好，別以為開了槍就總是有辦法。」

這位以溫柔言詞進行指導的人，也是位女子。

她的年齡四十多歲，長長的黑髮在後面紮成一束，穿的也是同一款灰色連身裝，那應該是訓練時的制服；只是這位女子身上幾乎沒有弄髒。而她的眼睛上也一樣戴著同一款防止失明的堅固防風眼鏡。

「嗚……對、不起……」

在痛苦的扭來扭去到最後趴在地上，名叫雷姬的年輕女子面前，看起來是擔任教練的年長女子以溫柔的表情說：

「算了，伏地挺身一百下的處罰不用作也沒關係。但相對的要接受這個。」

她一面如此說，一面將留在說服者內的兩發子彈發射出來；分別在雷姬屁股的左右兩邊、各命中一發：

「呀啊呀啊！」

讓她再度從地上彈跳起來。怎麼看都覺得，伏地挺身一百下還比較輕鬆。

「今天的訓練就到這裡，後天再見。在這之前，射擊練習與肌力訓練都要切切實實的作好。另外，被擊中的地方一定要冰敷到好。」

「嗚嗚……我知道了……非常感謝、您的指導……師父。」

雷姬因為痛到又沒辦法站起身來的關係，就這麼倒在原地回答著。

有一棟大大的建築物在這裡。

這是一棟面寬很寬的四層樓建築。雖然在氣氛上很像學校，不過跟學校有明顯不同的地方在於窗子非常少，入口旁邊用大大的文字寫著「室內戰鬥訓練場」。

以及——

『絕對禁止男性入場，男性擅入不論任何理由都將受罰，甚至有被射殺的可能性。』

設立了一塊上面寫有如此文字的大看板。「射殺」兩字還用紅色粗體重點強調。

位於入口前方的停車場上，停了一輛車。

那是一輛正紅色的敞篷車，頂篷是敞開的。圓圓的頭燈跟看起來像是嘴巴張開的水箱護罩，組合成一副可愛的臉型。

在那輛停放於晚春蒼藍天空下的車子旁邊，有一名男子坐在柏油路上。

他年約二十五、六歲，就算用好聽話來形容也是名看不出有雄壯肌肉的纖細男子。他的服裝是有衣領的襯衫與款式簡單的長褲，腳上則踩著很難走路的涼鞋。

雷姬從建築物裡頭走出來了。

她身上已經從連身工作服換為便服。簡單款式的牛仔褲、再套上白襯衫。左肩下方，掛著一支收在槍套裡的小型左輪手槍；肩膀則揹著一只大型波士頓手提包。

可能是淋浴過的關係吧，她的短髮有一點濕，不過在低濕度的清爽空氣下，應該一下子就風乾了吧。

雷姬筆直往車子走去，男子也在同時站起身來。

他直立不動的迎接她，開口說：

「您回來了，雷姬。」

同時恭恭敬敬的低下頭來。

「久等啦，阿爾特。」

雷姬回以微笑，同時將波士頓手提包交給名叫阿爾特的男子，坐進車子右方的駕駛座上。

「失禮了，這就來放您的行李。」

阿爾特將波士頓手提包放進後車廂中。在把廂門慎重關上之後，他才坐進副駕駛座。

在有些悅耳的引擎聲中，車子開始行駛。戴著太陽眼鏡的雷姬將油門一踩到底，接著節奏流暢的連續換檔。

這個國家的道路網相當發達。

寬廣的柏油道路舒暢的向前延伸，將大廈雜立的中央區域、環繞於外的住宅地區、以及大多為農地的外環區域一直線相連。

在離開位於中央地區邊緣的設施後，雷姬的車前往郊外，向東行駛。一上高架道路，她又將速度加快了。

風在頂篷敞開的敞篷車椅上咆哮飛舞，她的短髮不斷搖曳，逐漸風乾。

「啊，妳還是老樣子在飆車呢！」

不用再擔心對話被他人聽見的阿爾特，語氣從敬語切換到普通模式，也就是改用對等立場來說話。雷姬則瞇起了她在太陽眼鏡底下的眼睛，說：

「沒錯沒錯，你這樣講比較好啦！」

又將油門踩得更用力了。

雖然這輛跑車開始發出吼聲，雷姬對方向盤的掌握卻沒有顯露不安。她不時在短短一瞬間超越速度慢的車子，繼續順暢奔馳。

「『男人，對女人絕對必須要使用敬語』什麼的，根本就是白痴規定。跟『必須要穿著跑不快的涼鞋』這種白痴規定，簡直是有得拚。」

雷姬以不輸給風的音量，高聲說道。

「雷姬……在這個國家會這麼想的女性，只有妳而已喔？」

「還不就是一堆老頑固。只要我當到大官，把它們改掉就好了。」

「要當大官？雷姬妳？妳的目標是從政嗎？」

「這個……唉，是還沒決定啦。」

跑車逐漸減速下來。在下坡出高架道路，又過了一小段住宅地區後，很快就駛進通往悠閒田園地區的道路。

春末的旱田綠得美麗，不斷往四面八方連綿交疊。延伸向那裡的道路狹小蜿蜒，路上沒有其他車輛行駛。頂多就是在遠方旱田工作的男子們，朝這邊瞥了幾眼而已。

雷姬用單手握著方向盤，抬頭望著天空開口說：

「什麼將來要當什麼，這種事我根本就不知道。我現在只想變強，這樣就好。」

結果副駕駛座上的阿爾特，以不可思議的表情看著她，說：

「雷姬還不強嗎？妳從懂事開始，就一直在號稱『這個國家最強的武門家』的師父那裡修行啊。」

「只要我能夠贏過師父一次，說不定就覺得自己有『強一點』了。」

阿爾特聳了聳肩，似乎是要說，妳實在太扯了。

「喂，阿爾特，這個國家為什麼會變成這個樣子，你知道嗎？」

雷姬唐突問起。

「妳說變成這個樣子，是變成什麼樣子？」

阿爾特則反問回去。他是真心這麼想，還是明知卻裝傻，從語氣上聽不出來。

雷姬讓車子悠閒地行駛，開口說：

「我的意思是，為什麼這個國家會變成『女之國』的樣子呢。只有女人能持有、使用武器；只有女人能在公司裡頭晉升到比較高的地位；就算是完全相同的工作女人薪水就是比較高；只有女人能有不動產的所有權；只有女人有選舉權與被選舉權……明明男人毆打女人是重罪，女人就算把男人殺到重傷，卻可以當成『英勇事蹟』誇耀就算了——」

阿爾特眨了好一陣子眼睛，接著說：

「這個嘛……很簡單啊。因為就『人』的標準來說女人比較優秀吧？精神力一直很堅強、思考能力也很優秀、最重要的是能生小孩。如果要繼續比的話，男生比較優秀的點就只有在鍛鍊後的肌肉力量而已，不是嗎？」
「其實我以前也是這麼想啦。」
「現在呢？」
「老實說，我覺得不一定完全沒有錯了。當然啦，男女並不會相同，可是用所謂『哪一邊比較尊貴』，直接當作結論會不會有點怪怪的呢。如果有個『男比女尊貴之國』，我的看法應該也是一樣的。」
「雷姬……就當我拜託妳，可別把這種事公開發表，絕對不行喔。會被認定頭腦不正常喔？會被帶去醫療院所喔？說不定將來連公務員都當不了喔？妳已故的父母親，一定會很悲傷喔？」
「我不會說啦。至少這點判斷力還是有的……我是這麼想啦。」
「我放心了。」
「幹嘛啦，明明是男人，還贊成差別待遇喔？」
「男人跟女人是不同啊，這不是『差別』而是『區別』。這個國家建國數百年以來，一直都是

女性比較強，也因為這樣讓國家好好存續過來了。如果要說這有什麼不好……我是不知道。不過每個男人，應該都是這麼想的吧……」

「…………是哦。」

似乎感覺沒什麼意思的雷姬回了這幾個字，便在彎道上打了一下方向盤、又轉回來。

「話說回來，今天有個大新聞，我一直很想找時間跟妳說。」

往副駕駛座瞥了一眼的雷姬，看到阿爾特的鼻腔一直撐得大大的。

「好像期待一下也不錯呢，我就聽吧。」

「今天早上，『車輛所有權的許可下來了』。」

原本筆直行駛的車子，突然大幅蛇行；在阿爾特的慘叫聲消失在空中後，雷姬的歡呼聲隨後追上：

「呀呵！你幹得不錯嘛阿爾特！」

「我成功啦！等了兩年，終於有位子空出來了。雖然不知道是什麼理由，不過要感謝那位不想當駕駛的不知名人士啊！」

「真是的，竟然會有法律規定男人只能駕駛自己的車，而且車輛持有的審查嚴格就算了還只認可固定人數——」

「現在講這些也沒有辦法啊，畢竟車子是可以用來當殺人武器的。不過，警察認可我是正正當當的人了！這下子我可以駕駛了！從今以後，我不論到哪裡都可以載雷姬去了！」

「太棒了！車子你打算怎麼辦？」

「其實我已經訂下去了！就是先前我很想要的，黃色小小的那輛！雖然沒有像這輛車那麼快，可是可以載很多行李，就算是荒廢的道路也能跑。因為只要再過兩個月就可以收到所有權許可證，我也可以跟車商交易了。如果一切都這麼順利的話，我們就找個地方去野餐吧！」

「好厲害！……會很貴嗎？」

「還好……我要感謝將財產留給我的父母親啊。」

「就算這樣，你也被課了不少遺產稅吧……？」

「因為我是男人，也沒辦法啊。雖然母親的房子沒了，不過留下來的錢還夠買車。等我拿到車，我會用一生來為妳開車的，雷姬。」

「我也很喜歡開車，不過要開心的時候就拜託你囉！」

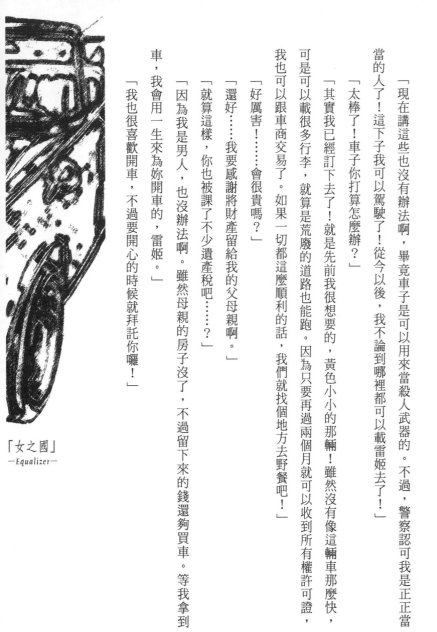

雷姬在沒有任何人在的旱田中央把跑車停下來，臉往副駕駛座湊過去，與阿爾特親吻。

＊　＊　＊

在夏天剛開始的時候——

砰。

雷姬在野外射擊場，用步槍射擊。

那是一把栓動式步槍，口徑大且威力強。槍身前端加裝了名叫槍口制動器的零件，從該處噴出的發射氣體，吹得周圍的草一齊晃盪。

她所瞄準的，是豎立在九百公尺外的一片人形大小的鐵板。

子彈在無數衝擊波的伴隨下迅速飛去，命中了相當於人類心臟的位置。

沉重的鐵板大幅震盪，鈍重的金屬聲在不久後從遠方傳回來。

「命中。妳的狙擊手腕一如往常的好，雷姬。我甚至希望請妳來教我。」

用雙筒望遠鏡與耳朵確認的師父如此說。

雷姬裝填下一發子彈，臉則保持向前湊近瞄準鏡窺視的姿態，回答坐在自己後面的師父：

「可是教我的人是師父。」

「妳讀風的能力一直都很優秀。隨妳喜好的時間，開槍。」

砰。

被射出的子彈，再度命中同一個地方。

雷姬一面操作槍栓將空彈殼彈出去，一面說：

「師父，可以問您一個問題嗎？」

「是被他人聽見會很困擾的事吧。」

師父展現出她善於推測的特質。雖然這裡是一處遍地草原的廣大射擊場，但現在只有她們兩個人。

「是的。師父您對於這個國家的『女權社會』有什麼看法？」

「我如果是警官的話，就會以違反『治安維持法』的罪名，將妳以現行犯逮捕了。」

「師父討厭警察，我是知道的。」

「妳真是個聰明人。就算問我有什麼看法，我也只能說這樣很好。透過只讓女性有權持有刀劍弓箭、甚至是說服者的規範，就可以抑制『只有肉體的力量』占優勢的野蠻男人們，這是事實。隨妳喜好的時間，開槍。」

砰。

「命中。」

「這我知道，我也不否認。我也沒有一點意思要把手上的說服者放掉。可是師父，如果男人跟女人可以協力合作，妳不覺得國家會變得更好嗎？」

「純就可能性來說我不否認，但假如為此要作一個釋放少數權利給男人的實驗，結果男人失控的話又該怎麼辦呢？隨妳喜好的時間，開槍。」

砰。

「命中。妳就算一面睡午覺一面開槍，大概也可以打中吧。」

「我下回會試試看。如果男人失控的話——該怎麼辦，我只知道一個辦法。」

「哦，是什麼呢？隨妳喜好的時間，開槍。」

砰。

「命中。」

雷姬在舉起彈匣已空的步槍同時，是這麼回答師父問題的：

「到時候，應該會被女人全數殺光吧。」

數天後。

「雷姬，妳的表情很陰沉喔？訓練中發生什麼事了？」

在紅色跑車中，坐在副駕駛座的阿爾特問道。

在毫不留情飆速行駛的同時，坐在駕駛座的雷姬說：

「我冷靜下來戰鬥，結果成功讓師父吃上一槍了。人生第一次。」

「那不是很厲害嗎！不愧是雷姬！雖然身為男人的我，不知道妳在作什麼訓練，不過我知道雷姬是非常強的！」

「謝謝。」

「為什麼妳看起來不是很高興呢？」
「總覺得，長年的夢想實現以後……就提不起勁了。」
「雷姬妳太喜歡冒險犯難啦！明明可以坦率點去高興的！」
雷姬沒有回答阿爾特的鼓勵，而是改變話題問道：
「阿爾特，車子那邊怎樣了？」
「前幾天，我去找警察領書面文件了。就快好了！」
「很好啊。那麼，要不要請你帶我隨便去哪裡好呢。」
「去哪裡都好！畢竟我很想多上路練習啊。」
「可是，國內的話，我自己就差不多都跑遍了……」
「因為雷姬妳是遠行高手啊。那麼，國外呢？」
阿爾特的話，讓雷姬的眉頭用力皺在一起，不過在太陽眼鏡底下看不太出來。
「你是說城牆外嗎？沒辦法吧？」
「咦？妳不知道嗎？——可以的。」
「真的？」
「嗯，其實只是誰都沒有出去過而已，並沒有特別被禁止。下回，我拿法律書給妳看。」

「我真的不知道……這樣啊，如果阿爾特的車拿到了以後，這輛跑不動的越野路線也可以跑了……」

「跑是可以跑，我自己也要把話說在前頭，其實國外並沒什麼——哇啊！」

阿爾特的發言，被緊急剎車蓋掉了。

雷姬拿下太陽眼鏡，轉過身體，凝視著阿爾特的臉說：

「去吧！」

「什麼？」

「去國外！然後，到別的國家去看看！就我們兩個人！」

「咦？」

「因為一直有商人來，表示有開車到得了的國家，可以去的！」

「這個……有趣是有趣……我也很想去……可是——」

「可是？」

「外面的世界可是很危險的喔……？是個沒有警察也沒有城牆的世界喔……？要是被猛獸或山賊偷襲的話怎麼辦……？」

阿爾特驚恐不安的問著，雷姬則對他露出潔白的牙齒以及青春女子的可愛笑容說：

「到時候，我會拚死為你戰鬥的！」

「嗚～今天也沒有贏……」

在戰鬥訓練場的更衣室裡，雷姬用下巴抵在桌子上生悶氣。因為她剛淋浴完換衣服的關係，現在就是一副T恤外加長褲的簡單打扮。

從袖子伸出去的手臂上，清清楚楚留下了幾顆橡皮子彈命中的傷痕。

毫不留情射擊雷姬的當事人，走進了這間沒有其他人在的更衣室。這位雖然穿著戰鬥訓練時的連身裝，不過還是沒有一點髒污。這是她未曾在地板上進行類似翻滾動作的證據。

「哎呀，妳又在生悶氣了嗎？」

「是的，我又在生悶氣了。」

師父打開自己的櫃子，開始脫下連身裝。可能是強者的從容吧，明明是夏天她卻好像沒流多少汗，就算不去淋浴也沒問題。

「妳已經十分的強了。就只是贏不了我而已。」

師父一面伸手穿過白襯衫的袖子，一面說。掛在櫃子衣架上的是一件剪裁合身的黑色夾克。明明是夏天，她卻穿得很規矩。

「我從以前就一直有個疑問，師父您真的是人類嗎？您真的會死吧？」

「這個嘛，因為我沒死過所以也不知道。話說回來——」

一下子就換裝完畢的師父，對還在桌上抵著下巴的雷姬問道：

「聽說妳要跟男朋友到國外去旅行，是真的嗎？」

「啊？」

迅速將臉抬起來的雷姬站起身來，說：

「真是非常抱歉！因為忙著辦手續，完全忘記要跟您報告了！行程如果決定好就跟您報告！這段期間的訓練，請讓我休假！」

「女之國」
—Equalizer—

雷姬直挺挺的站立不動。

「請問，果然還是不可以嗎……？」

她隨即怯生生地如此發問。

「妳所謂『完全忘記』明顯是假的。妳那因為自己覺得很有可能被責罵或是被阻止，所以打算瞞著我偷偷跑出去的心機，實在太明顯了。」

師父早就看穿了一切。

「嗚唔！」

「其實我不會去攔妳。我是因為妳母親生前曾經非常照顧我的關係，所以才不停鍛鍊妳……但我其實不會連妳的生活方式都要去管制。如果這是妳的希望，就祝妳一路順風吧。」

「…………師父……真是謝謝您……」

雷姬露出快要哭出來的表情，師父則一臉無奈的聳了聳肩。

「到國外增廣見聞，是一件好事。」

接著師父一面如此說，一面伸出雙手，溫柔搭在雷姬肩上。

「師父……」

「不過相對的，不管妳看見了什麼都不可以屈服。要相信自己、好好保護自己。」

「是！」

看著以為剛才那句只是單純鼓勵而很有精神回應的雷姬，師父又補充說明了這一句：

「我想這大概是最難的事啊。」

在盛夏的這一天一大早。

「終於要出發了，雷姬！」

在城門前方，有一輛車。

那是一輛閃閃發光的新車，是輛專門銷售給一般市民的大眾車。

駕駛座旁邊，是身穿多口袋無袖背心的阿爾特。

「終於要出發了。」

而副駕駛座旁邊，則是穿著相同款式背心，腰上掛著一把大口徑說服者的雷姬。

後座上，堆積了包括換洗衣物之類的旅行用品，以及帳篷跟睡袋、還有作菜工具等東西在內的野外生活工具。另外，威力強大的步槍型說服者也放上去了。

一大早的城門前，沒有任何人。

在車子前方的堅固城牆，以向上滑動的方式緩緩開啟。因為城門幾乎就位在西邊，在早晨的太陽燦爛照耀下，砌造於鋼骨結構中的灰色石牆，呈現出閃亮的光輝。

在城牆開啟到可容一輛車通過時，傳來了警報聲。

兩人鑽進車裡，阿爾特握住了方向盤，雷姬則坐在左邊的副駕駛座上。

引擎發動了。車子一面吐出少許白煙，一面順暢的發出排氣聲，就這麼起跑了。

「要走囉～！」

「走吧～！」

接下來，載著兩人笑容的車子，穿過了城牆向前行駛。

在宛如鋪滿一整面綠色地毯的草原上，一條道路筆直延伸，車子就在路上行駛。

「嗯～！果然外面的景色最棒了！完全看不膩耶！」

副駕駛座上的雷姬，從開得大大的窗戶探出頭去開心大叫著。

在車子後方，除了車子揚起的塵土以及在塵土後方四面擴散的綠色地平線以外，看不到其他東西。

「我也是第一次看到，非常高興……終於，可以看見了……而且，還是我在開車……」

「什麼男人不可以登上城牆，簡直跟白痴一樣！啊～因為已經在國外，可以堂堂正正的臭罵規定了！太棒啦！」

雷姬興奮的樣子實在相當誇張：

「我說阿爾特，乾脆就這樣隨便去哪裡，就算不回來不是也很好？對了，這輛車就繼續跑繼續跑，跑到整個拋錨開不動為止！」

「等一下！雷姬妳不要講得那麼可怕啦！這次的旅行，就到這附近的土地——最遠就是到鄰國啦！最多十天就要回來了！」

阿爾特真的狼狽不堪了。

「開玩笑的啦！其實我只要能跟阿爾特在一起，這樣子也可以哦！」
正當雷姬如此說完又眨了一下眼睛的時候。
他們在前方遠處的路上，看見了幾個小點。

「那個……會不會是商人們的卡車啊？」
「為什麼要用疑問句呢？想不出有其他可能性啊。」
「抱歉……」
「連道歉都不需要吧！」
四輛附有頂篷的中型卡車，一路揚起細微的沙塵，從雷姬他們前方遠遠開過來。
雙方的間隔慢慢的縮短，沒多久就為了要會車而放慢速度。
阿爾特稍微開出路面，將道路讓給對方走。商人們的卡車發出一陣警笛聲，行駛而來。
一位看來和善的中年男子，從位於高處的駕駛座上向他們搭話：
「唷！兩位，你們是從這前面的『女強之國』過來的嗎？是在那邊出生的人嗎？」
阿爾特回答是，商人則驚訝到把眼睛睜得圓圓的，說：
「我第一次見到從那個國家來的旅行者啊！這可稀奇了！」

接著又說：

「我說啊，兩位可不可以喝口茶跟我們聊一下呢？畢竟我是第一次碰到那個國家的『男人』，什麼東西好賣，什麼東西你們想要，我真的很想進行一下調查。」

「我的意見會有用嗎？——雷姬，怎麼辦？」

阿爾特詢問。

「阿爾特，這裡已經不是國內。不管是誰，都可以自己決定自己的行動喔？」

雷姬則回答這麼一句話。

「…………我明白了！」

於是阿爾特告訴商人，他同意參加茶會。

商人們將卡車開出道路外面，在草原上迴轉排成一個圓圈停下來。透過讓四輛卡車圍住四周的技巧，可以防範來自山賊之類的攻擊。

「女之國」
—Equalizer—

商人們一共有八位，年齡從二十多歲到四十多歲，都是看來精壯的男子。

他們穿著棉褲與薄夾克，腰上皮帶掛著槍套，槍套裡是自動式掌中說服者。甚至有人還同時掛著一把大型短刀。

其中有三位爬到卡車的車頂，手持步槍與雙筒望遠鏡開始警戒四周。

阿爾特看著他們的樣子：

「警戒工作毫不懈怠呢……好厲害啊。」

他像個少年一般眼中露出光輝。他所看到的一切似乎都是全新的。

在圓圈中心，商人們擺設了摺疊桌、椅子以及大洋傘，該處頓時成為即席咖啡館。

卡車內部似乎有燒開水的裝置，只見開水裝在大水壺裡被人搬過來，再倒進茶壺裡泡茶。

「手法好熟練！感覺上你們已經很習慣旅行！」

聽到阿爾特興奮的聲音，那位正在泡茶的三十歲左右的商人說：

「對喔小哥，你是第一次出來外地吧。你聽好，旅途中最重要的事就是絕對不可以喝生水。只要把水燒開一次就可以殺死各種細菌，泡成茶水後就算有多少污染也可以把味道蓋過去。」

「原來如此！因為我從出生開始到現在，只喝過自來水！」

「可以的話我們會告訴你各式各樣的事。相對的，你要告訴我們那個國家的男人們很想要什麼

東西。」

「我很樂意！」

接下來桌子上就並排許多杯茶，除了看守以外的商人與阿爾特都伸手拿起杯子。

「雖然不是酒，不過我們來乾杯吧。」

中年商人說道。四十多歲的他，似乎是這一團的首領。

「乾杯！」的聲音此起彼落，阿爾特開始慢慢喝茶。

「好喝！」

而雷姬則稍微聞了一下氣味。

「這香味有意思，是什麼樣的茶呢？」

她如此問道。

茶會一團和氣的進行著，不過話說回來也幾乎都是阿爾特在滔滔不絕地講，就這麼經過了一段需要去調整陽傘角度以因應太陽傾斜的時間。
雷姬在這段期間，一直悠閒的坐在椅子上等待。
「哎呀，該是散場的時候了。如果日落前沒有穿過城門，就要等到早上了。阿爾特，你幫了我們很多忙。」
首領這麼說。
接下來。
「最後，有一件事。」
他非常隨意的開啟了一個話題：
「我說阿爾特，你打算在那個國家結束你的一生嗎？」
「什麼？你這是什麼意思？」
「那個國家是女人在統治男人。我問你是不是打算一生就這麼被統治到結束啦。」
在首領說出這句話的同一瞬間。
一名商人從卡車上跳下來，就在雷姬所坐的椅子正後方著地；接著，他從後方伸手緊扣察覺氣氛不對而站起身來的雷姬兩臂。
「唔！」

一瞬間封住了她的動作。

「幹什麼！你！」

雷姬雖然手上施力，但她沒能從比自己高的男子手臂中掙脫。

「咦？慢著——」

當阿爾特只能狼狽不堪的時候，另一名商人抓住了雷姬的手臂；兩名商人就這麼牢牢保持著一人抓住一邊手臂、彷彿像是要將犯人帶走的架勢。

「作什麼——」

雷姬張口大叫，但很快就被布蒙上。

「嗚啊！」

變得完全無法說話了。

「抱歉啦小姐，我有點男人之間的話題想跟他說啊。」

首領如此說完，便將他的臉從不能動彈也不能說話的雷姬那邊移開，轉向雖然從椅子上站起

來，當下卻只能露出忐忑不安模樣的阿爾特。

「我說阿爾特，你是男人吧？為什麼要讓女人什麼的來統治？」

首領以譏諷的表情如此說。他看起來似乎是在瞪視，也有點像是在同情，甚至還有一點在憐惜。

「你、你說為什、麼……」

「那根本就不能算男人！」

「咿！」

「你聽好，男人就是比女人強！不管在肉體上還是在精神上！所謂女人啊，就是要在男人統治下才能過生活的弱小存在！這就是這個世界的道理！」

「可、可是……」

「那個國家太異常了！你因為是在那個國家生長的，所以才逼不得已要過著不像人的生活！那個國家太異常啦！竟然是一堆女人在把持力量，還不讓男人持有武器？簡直瘋了！」

「…………」

「喂，正好，給他看。」

首領對其中一名伙伴下指示。

好像光聽這幾個字就明白的樣子，男子當中的一人從卡車的車斗放下梯子，再鑽到裡頭去。

沒多久。

「喂，給我滾下來！別說話啊！下去就給我蹲好！可別動啊！」

他一面如此大吼一面下來。接著從車篷內出現的，是人，而且是女人。

「咦？」

在茫然的阿爾特眼前，三個只穿簡便襯衫跟短褲的年輕女人從車上下來了。

她們的脖子圍著堅固的項圈，而且項圈還用鎖鏈相連，三個人就像念珠般串在一起。

這些光著腳頭髮散亂的女人，表情明顯充滿恐懼，眼睛沒有一絲生氣，從臉上甚至看不出來她們是清醒還是昏睡。

她們就這樣不發一語地下了車，坐在草地上。接下來正如對方所命令，她們一動也不動。

「這些傢伙是什麼你知道嗎？阿爾特。」

「…………」

「是我們的奴隸。我們會使喚她們，但如果誰想要也可以賣給他。不但是工具也是商品。」
「…………」
「你可能很難相信，但這對我們來說很普通，對一般世界來講也很普通。這個世界有力量的是男人，不是女人。」
「…………」
「可是你還有那個國家的男人們，簡直就像是奴隸一樣。你以男人的身分過那樣的一生也沒關係嗎？活得那麼難看也沒關係嗎？我們能像這樣在國外相遇也是某種緣分，我，身為一個男人，很想要把你從那樣的環境救出來啊！」
在首領的熱情演說後，其他商人們也接著說話了⋯
「阿爾特啊，你可是一直一直被人家差別對待過來的喔？想變自由的話，這是最初也是最後的機會了。」
「沒錯！那個國家光看就讓人難過！都是女人在拿說服者，把男人當奴隸使喚。」
「你也像個男人吧！要自由啦！」
從阿爾特的口中。
「自、自由……我……」

透露出這樣的話語。

「唔喔喔！」

雷姬雖然想說什麼，但那已經沒有任何意義。

首領開口了：

「沒錯。這裡已經是那個國家的法律管不到的地方了，你可以用你的判斷下決定活下去。」

他拋出一句跟雷姬剛才對阿爾特說的話，意義幾乎相同的話語。

「用我的、判斷……」

「沒錯。你已經沒必要回去那個國家，沒必要回去當被項圈套住的家畜！」

「可、可是……這樣一來、我、該怎麼辦……」

「這點你也可以自己選擇！在其他國家男人才是社會的統治者，你就在那樣的土地上，像個男人、像個人一樣活下去就好了！在你去的地方把車賣掉，應該可以拿到相當多的錢吧，可以過新生活了。」

雖然只有一點點，但阿爾特表情上的狼狽神色，有所消退了。

「新、生活……像個男人……、自由的、生活……」

「沒錯！你不是奴隸！男人不是女人的奴隸！是主人！」

「自己是……、主人……已經、不需要去害怕任何東西了……」

「你很懂事嘛阿爾特！這樣才是個男人！」

「可是……」

阿爾特第一次，往兩隻手臂都被制住的雷姬那邊望了過去：

「她會變成什麼樣子呢……？」

「變成什麼樣子都行啊。」

首領非常隨意地說：

「就在這裡說分手『甩了她』也行、如果你自己說的話她都願意聽那就把她當奴隸帶走也行、如果你不需要的話我們把她買來當奴隸也行、嫌麻煩的話殺了埋起來也行。」

這段流暢發言的最後一句話——

「咦？咦？」

讓阿爾特用力眨著雙眼。

「沒錯啊，殺了也行。你應該打從心底害怕女人吧？畢竟到目前為止，你一直被女人統治，這也是理所當然的。如果你想徹底甩掉那樣的恐懼，殺是最好的辦法。」

首領的話語，簡直就像大熱天有人來勸你喝冷飲一般，非常的清爽。

「…………」

「奴隸要恢復自由，光被解放還不行，一定要把先前一直橫行霸道的『主人』殺掉才行。」

「…………」

「不然的話，你一生都會作被人追著跑的夢喔？好不容易成為男人，你想過那樣的人生嗎？由我們來殺是很簡單，不過這樣是不行的啊，你應該明白吧？」

「…………」

阿爾特繼續無言的看著兩手被制住的雷姬。

嘴巴被堵住的雷姬，繼續沉默的瞪著阿爾特。雖然實際上可能不是這樣，但對阿爾特來說，她就是在瞪。

首領快步走近雷姬，從她腰上將說服者拔出來：

「哦，這玩意還滿不錯的嘛，雖然是無彈殼的型式，不過旅行時用這種比較方便，而且還好好裝填子彈了。」

不斷緊盯那把說服者看的首領，往阿爾特身邊走近過來。

「來。」

以像要把零食點心交到人家手裡一樣的姿態，讓阿爾特拿著它。

阿爾特的纖細手腕，稍微沉了一下。

「………」

「你是第一次拿吧？其實說服者比外表看起來的還要重喔。這就是所謂可以殺死人的重量啦。哎呀，指頭別往扳機扣，在開槍以前手指都要伸得直直的。首先，你要毫無空隙的緊緊抓住握把，接下來用拇指把擊鎚、也就是這邊的尖尖部位穩穩扳起來，這之後雖然只要瞄準並扣下扳機就好，不過如果打到伙伴我會受不了，所以至少要幫你瞄準一下。」

「………」

首領一面懇切細心的教導，一面將阿爾特握著的說服者朝向站在數公尺前的雷姬。

「你當然也應該是第一次殺人吧，不過別擔心。我們為了守護大家的貨品已經殺了好幾個人，

然而『有明確目標的殺人』不會讓你有很難忘掉的心理創傷啦，放心吧。」

「…………」

首領抬起並撐住阿爾特的手。接著，他瞄準雷姬的心臟，為了防止阿爾特萬一手偏打到旁邊的伙伴，還將後者的手牢牢固定住。接下來他又親切的，連擊鎚都幫忙扳起來了。

「好了，可以囉。」

「…………」

「怎麼啦？難道你不想要自由嗎？」

「…………」

「你要一生都待在女人屁股底下，像個奴隸活著嗎？不過嘛，那種事我看不過去，所以如果你不開槍就換我來開了。」

「…………雷姬。」

一直保持沉默的阿爾特，發聲說話了：

「不是妳的錯，妳完全沒錯……是那個國家的體制錯了……都是因為那個國家，對男人有差別待遇！不承認男人的人權！不把男人當人看！我已經可以不用再忍耐了！已經不用在被女人殺的恐懼下過完這一生了！」

而雷姬則跟剛才一樣，以只看得出冷靜的視線對著他，簡短答道：

「唔喔喔喔，喔喔喔。」

「永別了，永別了雷姬！」

阿爾特將最後的力量灌注在手指上，擊鎚隨之落下。

擊鎚打中雷管產生火花，點燃液體炸藥，其燃燒氣體讓子彈加速。

黑色子彈以猛烈速度飛出，未偏離首領的瞄準方向，命中雷姬胸部。

雷姬幾乎在子彈擊中胸部的同時，讓自己的右肩關節脫臼。

接著她運用如此開拓出來的一點點動作自由度，先將左手臂從男人的控制下用力拉拔出來，再將整個身體撞向右邊的男子。於此同時，原本脫臼的關節也撞回原狀。

雷姬以緊擁右邊男子的姿態仆倒下去，接著順勢讓身體在地面翻滾，等到她站起身來的時候，血的噴泉也不斷向上湧出。

那是從倒地男子的頸部，噗咻噗咻、噗咻噗咻噴濺向上的血。

雷姬丟下剛從男子那邊借來的短刀，又從他的腰間把說服者借走。

右手一支開火射擊，對剛才還制住自己的男子打進一顆子彈，接著從其身後一把抱住即將不支倒地的他當作盾牌來利用，同時用左手把他的說服者拔出來。

她首先只用右手連射三槍，將地面上的三個人，各自的眼珠子都射穿了。

雷姬又只用左手連射兩槍，在正慌忙準備把自己的說服者拔出來的商人首領頭上，開出了兩個窟窿。

原本在卡車上面，警戒四周的兩個人轉身看過來了。

他們被訓練得太好了。因此對下面的騷動不覺有異，一直為了守護伙伴而將視線朝外；也因為這樣反應大約慢了三秒。

他們看到女人兩手持說服者，同時朝向兩個自己人——這成了他們人生的最後光景。

兩人份的屍體從卡車上掉落到地面，接著世界就變得平靜。

這個世界還活著的只有五人。

這當中還能動的，只有二人。

就是還手持雷姬的說服者不斷微微顫抖的阿爾特，以及把嘴巴上的布跟左手上的說服者用力丟在地面上捨棄不要的雷姬。

「啊啊……真的好痛……」

雷姬用左手觸摸胸部，正好是胸前雙峰中間的位置：

「胸骨搞不好已經有裂痕了呢，又來了。」

「…………」

雷姬對目瞪口呆的阿爾特，露出溫柔的笑容：

「即使是這樣的我，如果能夠不殺人就解決的話也還是不想殺人，所以只在第一發裝上了橡皮子彈啊。」

先將謎底揭開。接著她說：

「可是，人生第一次殺人，完全不是什麼了不起的事。身體都照訓練一樣的動作，而且跟師父比起來他們簡直一點反應也沒有……」

「…………」

「好了，阿爾特。是要繼續旅行呢？還是說，現在我們就一起回國呢？」

看著露出微微笑容的雷姬，阿爾特一面扳起擊鎚一面將說服者朝向她。

僅有一聲槍響，轟然發出。

在那片草原受到傾斜的太陽照耀，而放出金色光輝的時候。

「應該是像、這個樣子吧？」

雷姬結束了她的作業。

在卡車裡頭的，是可以在故鄉之國販賣的，也就是女人會喜歡的寶石與貴金屬裝飾品。

她將那些東西，全部粗魯的塞進大布袋裡，堆在自己坐來的車子後座上。

水與食物、以及燃料也儘可能的徵收領受；連男人們屍體上、看起來性能不錯的說服者與短刀也失禮接納下來了。

她挖了一個大大的洞，把「男人們」的屍體埋進去，再把土覆蓋在上面。
而最後，她對從剛剛開始就一直沒動過的三個人、也就是女奴隸們問話了：
「我說妳們，打算這樣一直不動到什麼時候呢？下命令的人已經死了哦？」
三個人沒有回應。
「妳們打算一直在那邊，坐到死為止嗎？」
「…………不是、的……」
有一個人的嘴巴終於有動作，表達否定的意思。
「那麼。」
雷姬走到她們身邊去，用短刀將皮製的項圈切斷後，說：
「好啦，妳們站起來。然後，開那輛卡車，去東邊的國家，再將情況照實說明出來。留在卡車裡的物品，全部都是妳們的所有物；妳們就好好平分，用來當生活費。如果是那個國家的話，應該到死都可以活得如妳們所願吧。如果有那個心的話，回到妳們出生的國家去也可以。」
一名前奴隸以細微的聲音如此說道：
「我們……不會、開車……」
在她旁邊的另一個人接著說：

「可是……我們想要自由……已經、不要再當……奴隸了……」
雷姬等待第三個人說話。
「所以……請妳一定要教我們！」
雷姬聽到這句話，滿意的點了點頭：
「也好。看來我變成妳們的『師父』了。」

在送走一輛雖然緩慢、卻確實遠離的卡車之後，雷姬回到車子旁邊。
「好～啦，該怎麼辦呢？」
如此自言自語著。
首先她回過頭去，望著已經開始變暗的東方天空。
「…………」
再轉頭向前。

「女之國」
—Equalizer—

西方天空的太陽正好逐漸落下，然而餘光明亮，在地平線上可以看出一道平滑的光帶。

「去旅行吧。隨心所欲到處走走看看，直到膩了為止。或者是——」

雷姬用手「啪」一聲拍打車體：

「直到這傢伙故障跑不動為止。」

然後鑽進駕駛座發動引擎。

小小又閃閃發光的黃色新車，氣勢洶洶的向下沉的太陽行進。

# 第十話
# 「每天會死之國」
## —Are You You?—

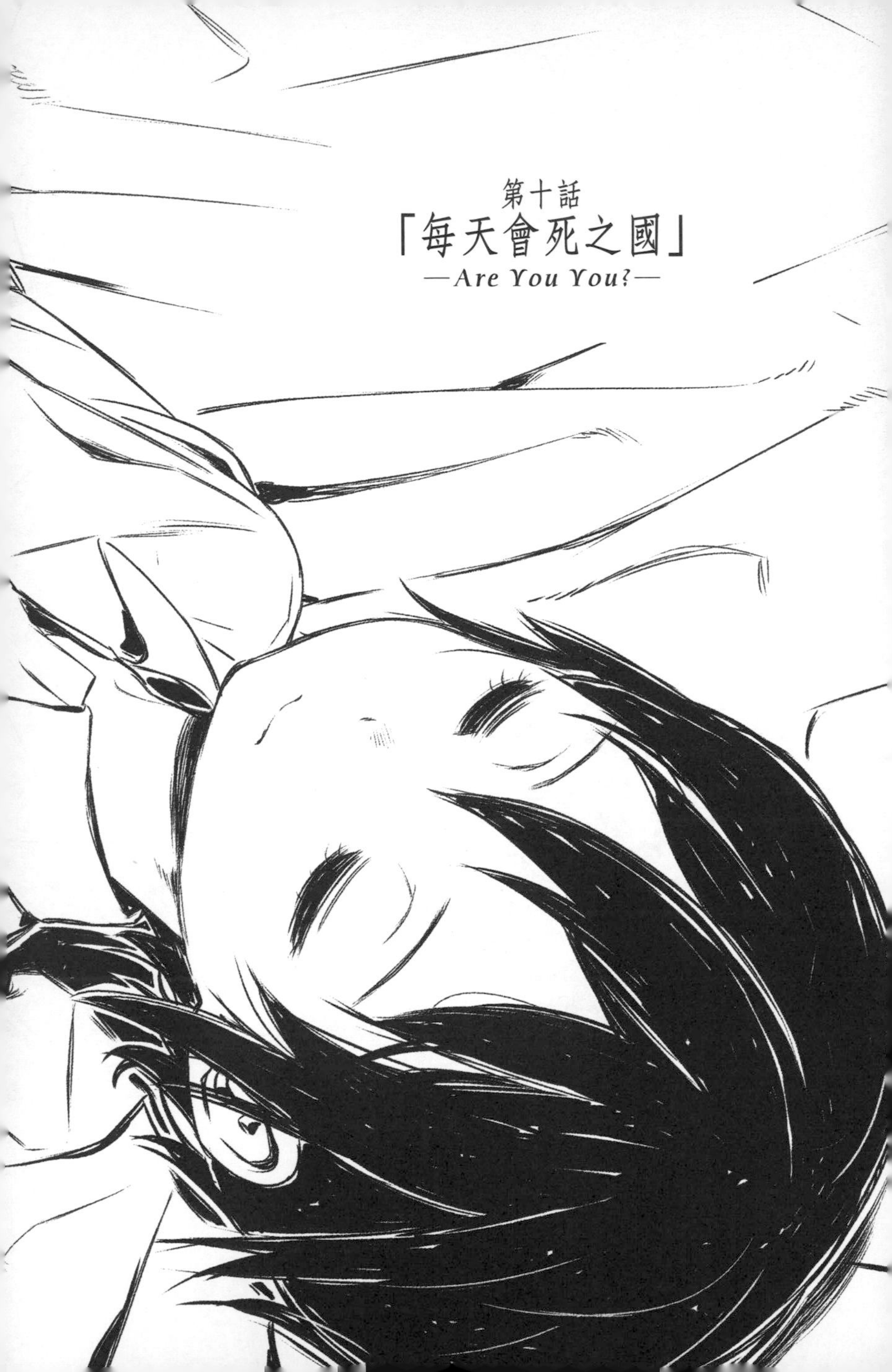

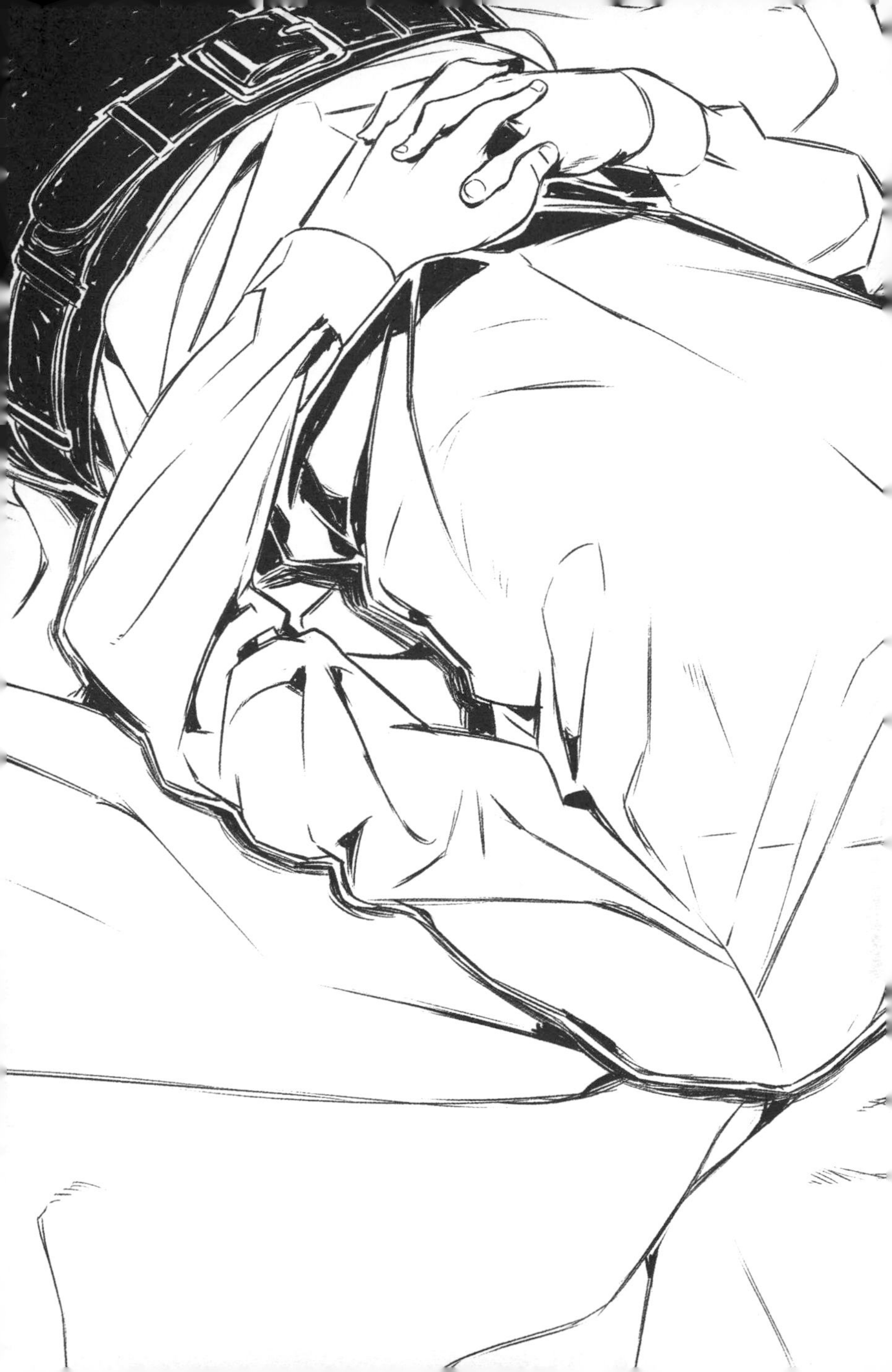

# 第十話「每天會死之國」

## —Are You?—

這是在某個國家所發生的事。

在奇諾與漢密斯到訪的那個國家，每天早上居民們都會作不可思議的事。

他們在每天早上，會將據說是前一天晚上拍攝下來的本人大頭照——美美的快照相片，放進裝飾也美美的裱框中，裝飾在位於牆壁的祭壇上。

然後就祈禱。

閉上眼睛合起掌來祈禱。

「希望你安息……你的事情我絕對不會忘記……」

祈禱時還如此說。

在完成這件事以後，他們就會開始過著非常平凡的早晨生活。不論男女老少，所有居民都會進行這樣的事。

隨處看到這些事的奇諾與漢密斯，覺得很不可思議：

「那個、會是什麼啊？」

「那個、會是什麼啊？」

於是試著去問下一個遇到的人。

「啊，原來旅行者跟摩托車你們不知道啊……那個是葬禮啊。」

這個國家的男子，雖然在聽到問題的一瞬間露出了看見可憐人的表情，不過還是回答奇諾與漢密斯的問題：

「我們每天都會死喔。睡覺的時候意識會全跑掉對吧？那個時候，人就死了。」

「你說死，的意思是……？」

「不是肉體上的死。如果要說的話，是靈魂的死。不曉得去哪裡了、沒辦法再回來了、失去了。」

「也就是說……醒來的時候，人就……？」

「每天會死之國」

—*Are You You?*—

「沒錯沒錯，會～怎麼樣呢？會～變怎麼樣呢？」

奇諾與漢密斯發問，男子以明確的語氣回答：

「當然是另一個人。一到早上新的靈魂就會發生，寄宿在這個肉體中；只有記憶保持在完全一樣的狀態，在同一個身體中繼承下來。所以不論名字還是所有物也都保持原狀，在今天活著。」

男子以認真的表情繼續說：

「不過，這是另一個人不會有錯。只是個單純繼承相同記憶與身體，卻持有另一個靈魂的他人。我雖然也有昨天的記憶，但那是昨天的另一個人用這個身體經驗過的事。我們每天會出生，一到夜晚就會死。」

「所以，你們才會在每天早上舉行悼念『昨天之人』的『葬禮』啊……」

「沒錯。為了悼念留下昨天記憶、交出這個身體給我的人。」

「可是呢，『其實只是意識跑掉而已還會再回來』，也就是同一個人的可能性應該有吧？」

對漢密斯的詢問，男子輕輕地聳聳肩說：

「這種事你能證明嗎？反過來說，『只有身體跟記憶相同卻是另一個人，這絕對不可能』這句話，你能證明嗎？」

「嗯～經你這麼一說還真是沒辦法呢～」

「對吧？我們是不會有錯的。所有的人，一睡覺就會失去靈魂而死。昨天活著的某個身體跟我相同的人，『安息長眠了』；繼承記憶與身體的我們，今天一整天要盡心盡力的活著。為了不讓自己後悔；而且，也為了能對明天的某個人，交出身體以及美好的記憶。」

「原來如此。我非常清楚明白了，真是謝謝您。」

「謝謝你啦～」

「太客氣了。旅行者，今天也要好好活著喔。還有，為了明天的某個人，先把遺照拍好留下來吧。」

第二天早上，奇諾與黎明同時醒來了。

「早安！某個人！」

「哇！漢密斯……你不要嚇我啦。」

「平常都會生氣罵我一直醒不過來，真的醒來了妳卻吃驚，是在想什麼啊？不過嘛，這件事就先放一邊。」

「先放一邊？」

「妳是誰啊？」

「我是奇諾，名叫奇諾的旅行者。」

「ＯＫ～只要知道這點就好啦。」

你是你？

## 尾聲
# 「看得見的真相・a」
## —*She is Still There.*・*a*—

# 尾聲「看得見的真相・a」

—She is Still There.・a—

我的名字叫蘇，是一輛摩托車。

騎乘我的主人叫芙特，她在某個國家，年紀輕輕就擔任照相館的負責人。

這是一個有人特別來委託她拍照的故事。

因為芙特是開照相館的，所以有人來委託她拍照也是理所當然，可是——

「請妳拍一張在病房裡的爸爸會喜歡的照片。先前的人拍出來的照片沒辦法讓他滿意。」

這一天來了一個相當難搞的要求。

委託人是中年夫婦，人看起來很善良，稍胖——體格也很好，看來是兩位有錢人。

拍攝對象是，家。

雖然不是很清楚，但好像是作丈夫的父親因為生病住院，可是又不吃藥又對醫生採取反抗的態度，似乎很頑固的在拒絕治療。

他那樣作的理由，那對夫婦不知道，我也不知道。因為那樣做造成的結果是一直都在住院，難

道他對醫院有那麼喜歡嗎。

跟字面一樣「丟棄藥匙」的醫生，跟夫婦說：

「對身體狀況或者是環境的變化感到困惑，忍不住採取不明意義行動的老人一向不少。在看到自己長期居住的家庭照片之後，期待能早點回去的人就很多了。」

恍然大悟的夫婦，去照相館聘請人，將父親自出生以來就一直居住的家，裡裡外外，拍了非常多張照片，然後給老人家看。

如果要說結果是什麼的話——這個嘛，如果成功了也就不會來芙特這邊了。

那對夫婦甚至說，要花多少錢都沒問題，就拜託妳幫忙了。我有預感這下子要賺很大了。不過這是在成功的狀況下啦。

「您父親看過家的照片以後，說什麼呢？」

坐在桌子對面的芙特發問，丈夫答道：

「只說了一句『我已經不想再看了』……然後就用力把它們扔出去。」

「請讓我問一個隱私的問題。會不會，您父親的太太，也就是您的母親，剛好在最近過世了呢？」

芙特這一問，夫婦先是大吃一驚，之後說：

「確實沒錯。雖然是半年前的事了……」

「我明白了。我會把家的照片拍好，拿給您父親看；然後，我會讓他回家。」

什麼？光這樣妳就明白了什麼？

我一歪著頭（當然啦，這是比喻表現），芙特就告知夫婦，為了拍攝需要有些東西，希望能請他們準備。

簡單的說，就是母親的照片、薄的玻璃跟能讓它直立起來的臺座、強力的檯燈、能放在書桌上讓照片直立起來的臺座跟夾東西的夾子……

啊啊，我也明白了。

芙特那傢伙，打算製作靈異照片出來。

先將母親的照片翻拍成正片，把後者投影在置放於家中的薄玻璃上再加以拍攝……

這樣製造出來的，就會是一張應該已故的人朦朧出現在裡頭的靈異照片。

「我想您父親，並不是不想回家；我想他是『不想待在沒有愛妻的家』，所以——」

幾天後，我們在病房給父親看照片。

然後——

「看得見的真相・a」

—*She is Still There.・a*—

# 書末的普通後記

## —Preface 2—

後記的空間不管有多少我都不會困擾喔？一本書的後記只能在一個地方出現，是誰規定的？誰也沒規定。

Hello Hello大家好。

我現在，在高度差不多one thousand meter的地方，逆著jet stream順暢flight。如果要問為什麼會這樣，是因為我在August尾聲剛從在USA California州的Santa Clara所舉辦的『Crunchyroll Expo 2017』return的緣故。

我正在飛的地方，是Alaska的海上。機內已經是關燈time，這臺personal computer的monitor的light發出微光，從下面把我的face照得白白的，看起來一定相當陰森森的。cabin attendant對不起啦。

另外，總覺得勉強用英文寫到失控得很厲害啊。我就打住不寫囉。其實也很難看懂對吧。

這裡請容我說明一下。「Crunchyroll」指的是世界最大的日本動畫播映網站，在日本以外的許多國家也可以觀看。

至於我為什麼會被叫去參加這樣的公司主辦的展覽會——是因為Crunchyroll會在歐美地區播映從今年十月開始的新電視動畫版『奇諾の旅 -the Beautiful World- the Animated Series』的緣故。

在展覽會場的我，接受了採訪、參加了座談會、還辦了簽名會。到會場來的各位、以及為了拿到簽名而排隊的大家，真的非常謝謝您們。用英語來說的話就是，thank you。

我在一九九〇年代的中期於美國留學，是在他鄉看動畫的。

因為，這裡買錄影帶一直都可以比日本還便宜啊（當時的美金也很便宜）。

那段時間我看了非常多的動畫，在我的御宅族人生中也是相當充實的一段時期。儘管如此，當時在日本播放的最新動畫，如果沒有順利託人把錄影帶帶過來的話就看不到，這當中的時間差也會讓人很煩躁。

如今，透過網際網路已經幾乎可以同時看到最新動畫，要感謝科技的發展，真的已經變成一個好時代了啊。

新的電視動畫版《奇諾の旅》，究竟會在海外受到什麼樣的評價呢？

我很期待、也很緊張。

就這樣那樣的，我在這裡也寫下了黑白的、普通的「後記」。

「這位旅客，您差不多該回去機內了。」

哎呀，我被cabin attendant唸了，呼吸外頭空氣就到此為止。

這架飛機，差不多要arrive到Haneda Airport了。Tonight的lighting期望能持續到此一時刻。

我們就在下一本book中，meet again吧。

好～啦，在Japan要吃什麼好呢？是Sushi嗎、果然還是Sushi好吧。

二〇一七年八月某日　於飛機中　時雨沢惠一

祝賀《奇諾の旅》動畫化！
我也非常期待。
在電視之國入境的奇諾の旅，
如果讓更多人都享受到樂趣，
就是我的榮幸。

黒星紅白

Kadokawa Light Novels

## 絕對雙刃 1~11 待續

Kadokawa Fantastic Novels

作者：柊★たくみ　插畫：淺葉ゆう

**為勝利付出巨大的代價竟是失去至親!?**
**透流等人將面臨意想不到的戰鬥對象！**

為勝利付出巨大的代價，透流再次失去音羽，連莉莉絲和小虎的身影都從學園中消失。透流等人懷抱隱約的不安度日。殊不知在平凡無奇的日常生活背後，殘酷的命運已悄悄但確實造訪。此時，透流身邊出現了令人懷念的對象……？

台灣角川

各 **NT$180~220/HK$50~68**

Kadokawa Light Novels

## 打工吧！魔王大人 前進高中篇N

Kadokawa Fantastic Novels

作者：和ヶ原聡司　插畫：三嶋くろね

**《打工吧！魔王大人》衍生故事校園篇！**
**異世界的魔王與勇者變身為高中生!?**

魔王與勇者的平民風格幻想故事變成校園喜劇！登場的是高中男生魔王、同班同學千穗，以及麥丹勞店員蘆屋。而惠美竟把電話客服人員的制服換成高中制服，潛入校園對他們發動襲擊？加上鈴乃和艾美拉達也有登場的全新創作故事熱鬧展開！

台灣角川

**NT$220/HK$68**

Kadokawa Light Novels

OBSTACLE Series

## 激戰的魔女之夜 1~3 待續

Kadokawa Fantastic Novels

作者：川上稔　插畫：さとやす(TENKY)　協力：劍康之

**堀之內與各務挑戰神祕又無敵的第一名魔女！**
**川上稔獻上嶄新的魔法少女傳說第三集！**

堀之內與各務擊敗第二名——術式科的瑪麗後，障礙只剩第一名了。然而她的資訊就只有敗者留下的：「那是擁有絕對防禦與絕對火力，對上任何人都完全無敵的力量。」具體內容同樣成謎。到了決戰迫在眼前之際，歐洲U.A.H.突然插進來攪局——？

台灣角川

各 **NT$260/HK$78**

Kadokawa Light Novels

## 發條精靈戰記 天鏡的極北之星 1~11 待續

Kadokawa Fantastic Novels

作者：宇野朴人　插畫：竜徹　角色原案：さんば挿

**苛酷的女皇夏米優VS不懂禮儀的天才瓦琪耶！**
**瓦琪耶掀起的混亂將改變帝國及夏米優？**

受到伊庫塔·索羅克的推薦，少女瓦琪耶擔任三等文官參與國家政務工作。在政論會議上，她面對人人畏懼的女皇也有條有理地高聲提出反駁，令周遭的氣氛為之凍結。被瓦琪耶的瘋狂嚇得僵住的帝國上下及女皇夏米優，究竟會產生什麼改變？

各 NT$180~300/HK$55~90

台灣角川

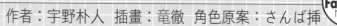

安達與島村
入間人間
插畫／のん
7
Kadokawa Fantastic Novels

國家圖書館出版品預行編目資料

奇諾の旅：the beautiful world / 時雨沢惠一作；
K.K.譯. -- 初版. -- 臺北市：臺灣角川, 2018.04-
冊；　公分
譯自：キノの旅：the Beautiful World
ISBN 978-957-564-142-9(第21冊：平裝)

861.57　　107002615

Kadokawa
Fantastic
Novels

# 奇諾の旅 XXI
## －the Beautiful World－

（原著名：キノの旅XXI－the Beautiful World－）

2018年4月4日 初版第1刷發行
2023年6月7日 初版第3刷發行

作者：時雨沢惠一
插畫：黑星紅白
日版設計：鎌部善彦
譯者：K.K.

發行人：岩崎剛人
總編輯：蔡佩芬
編輯：黎夢萍
美術設計：宋芳茹
印務：李明修（主任）、張加恩（主任）、張凱棋
發行所：台灣角川股份有限公司
地址：104台北市中山區松江路223號3樓
電話：（02）2515-3000
傳真：（02）2515-0033
網址：www.kadokawa.com.tw
劃撥帳戶：台灣角川股份有限公司
劃撥帳號：19487412
法律顧問：有澤法律事務所
製版：巨茂科技印刷有限公司
ISBN：978-957-564-142-9



---

KINO'S TRAVELS XXI the Beautiful World

Edited by 電撃文庫
First published in Japan in 2017 by KADOKAWA CORPORATION, Tokyo.
Complex Chinese translation rights arranged with KADOKAWA CORPORATION, Tokyo.